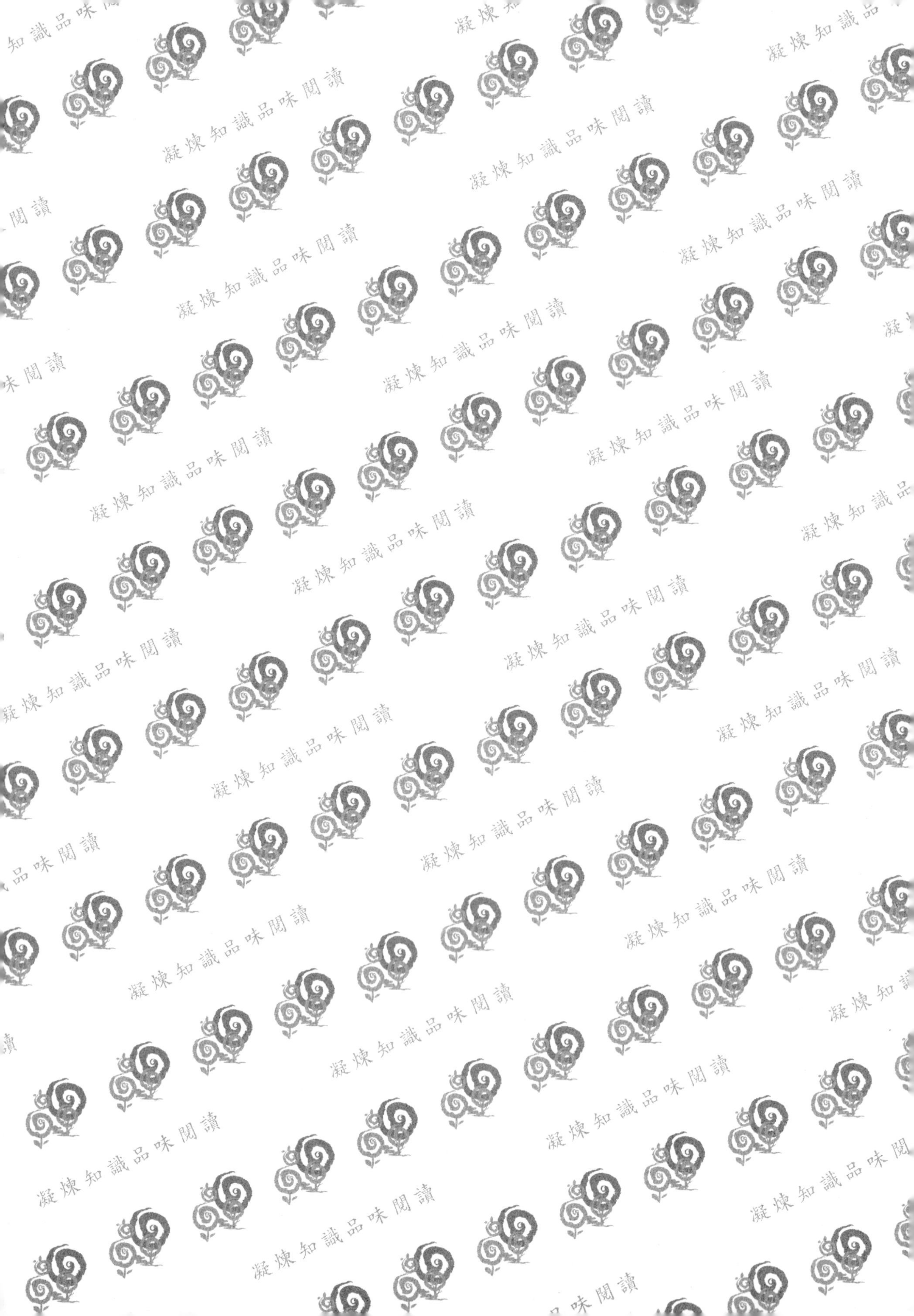
凝煉知識品味閱讀

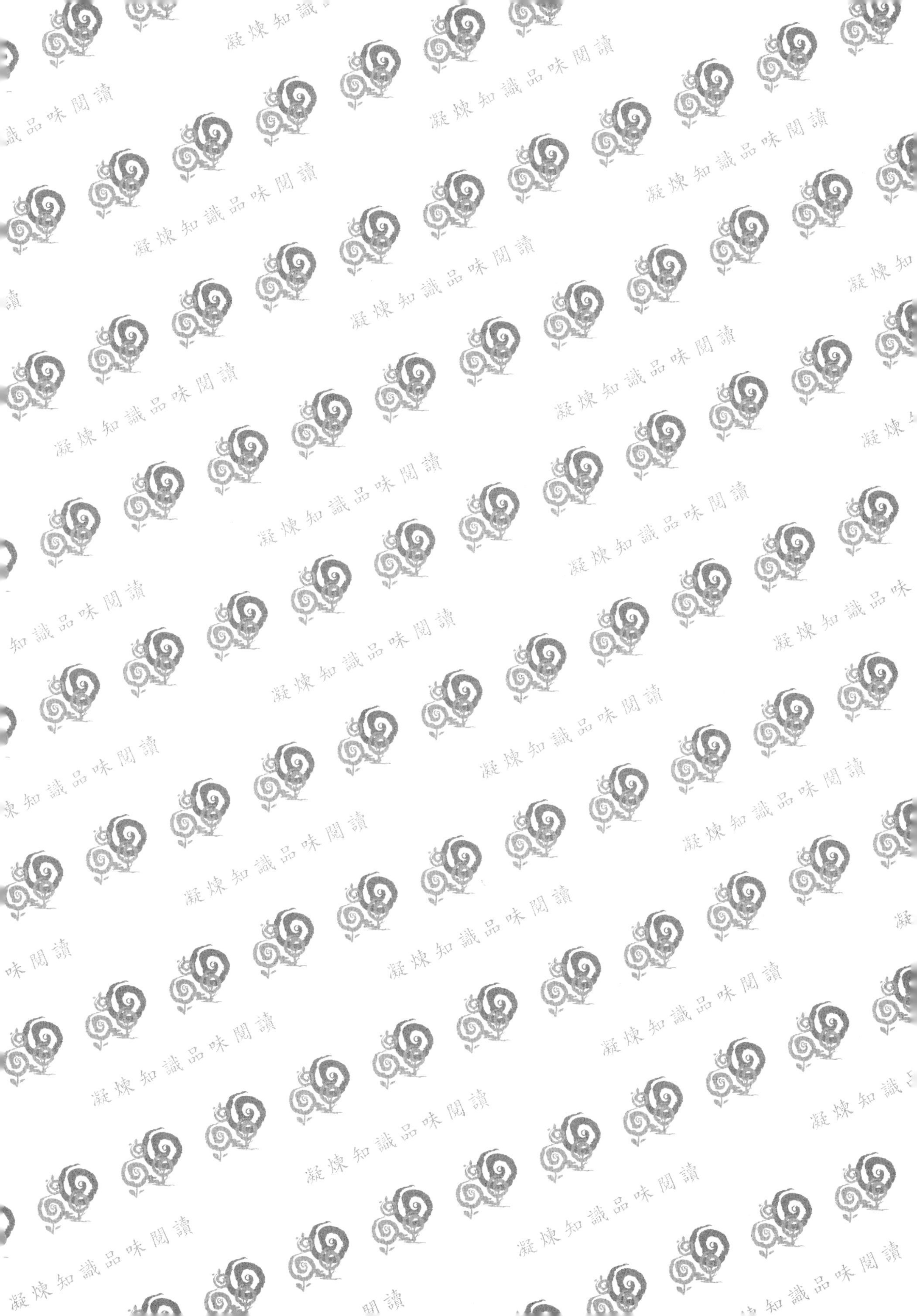

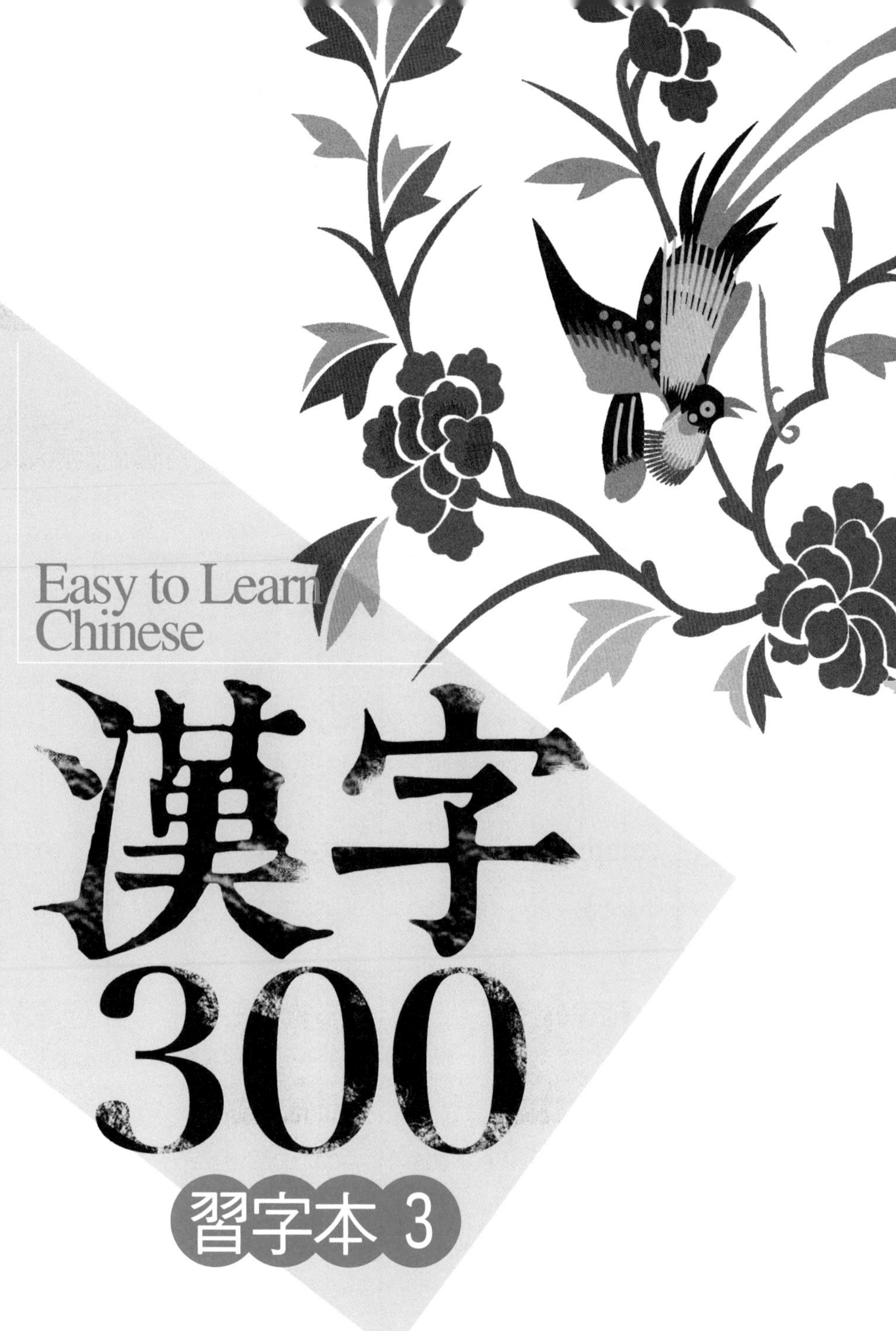

Easy to Learn Chinese

漢字300

習字本 3

楊琇惠—編著

五南圖書出版公司 印行

目錄

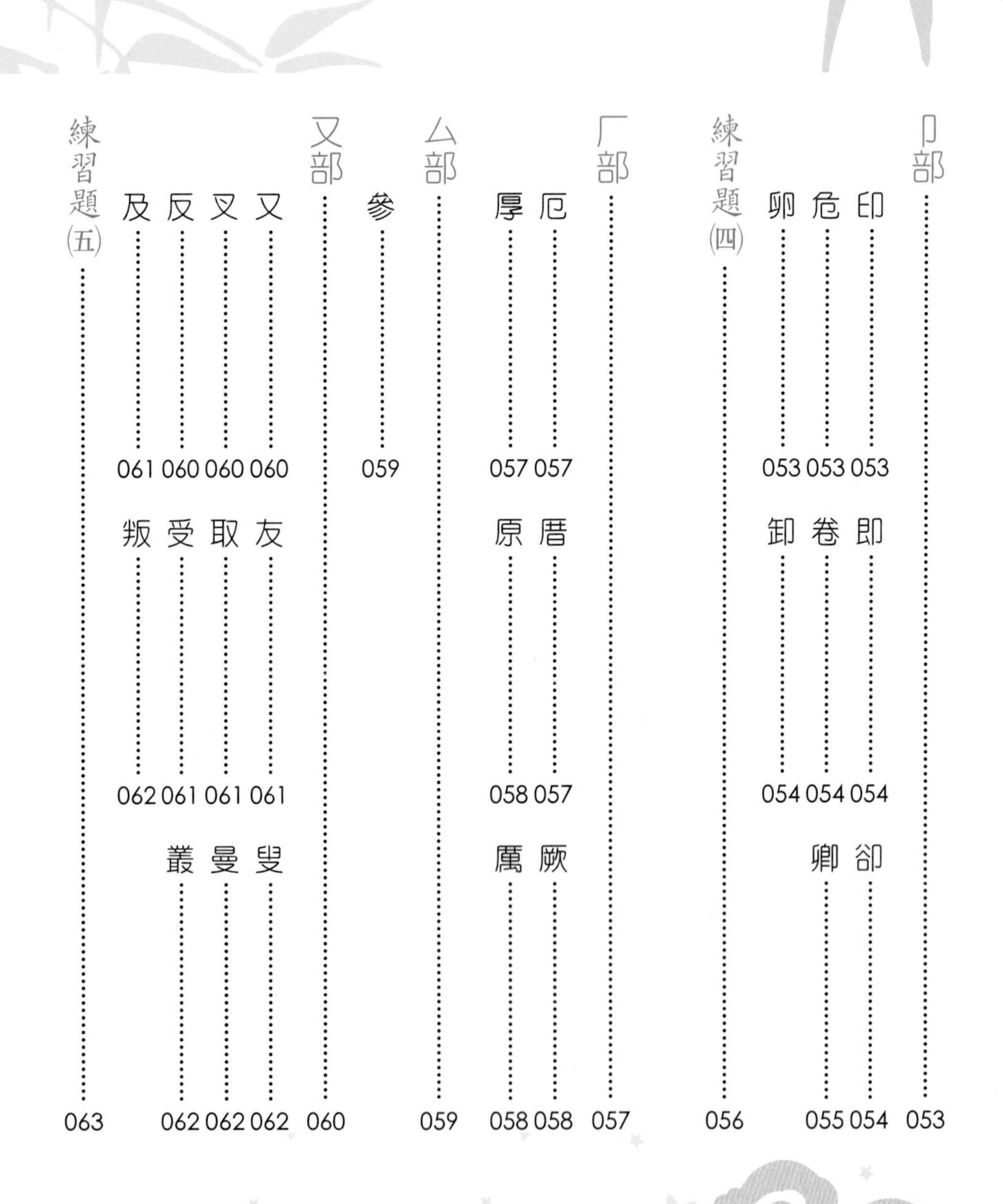

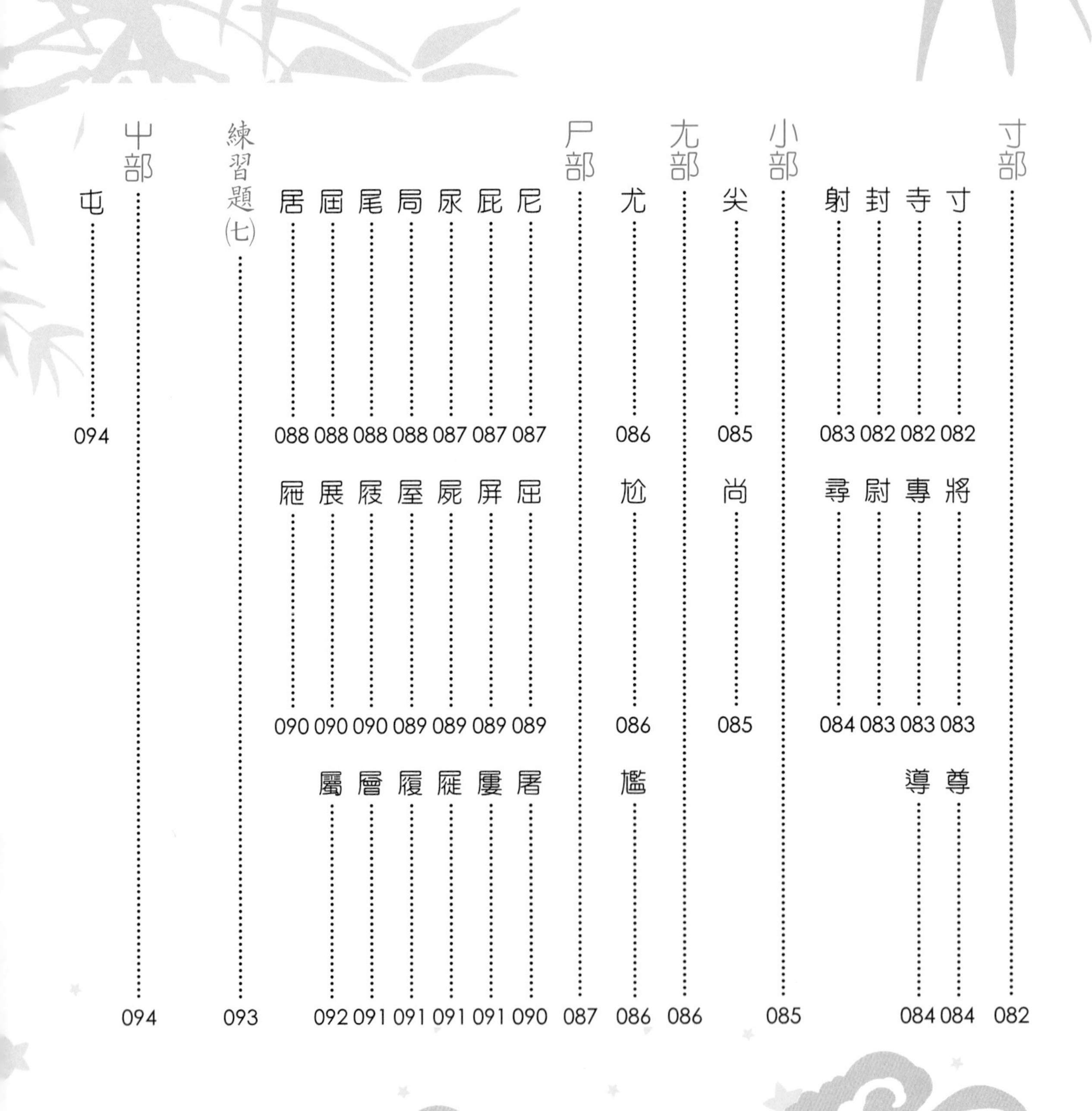

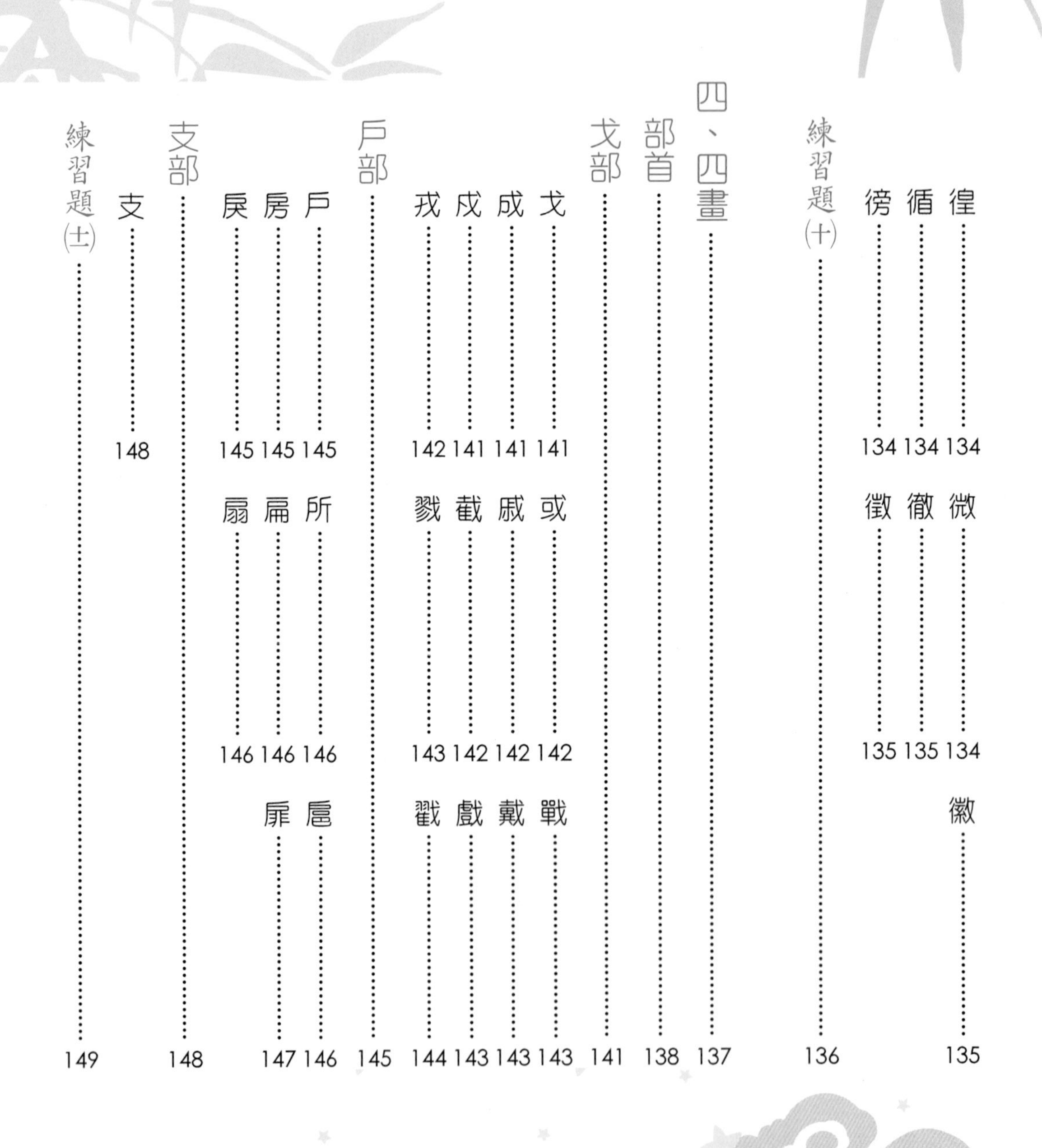

一
一畫

部首	一	丨	丶	丿
發音	yī	gǔn	zhǔ	piě
意義	one	up to down	dot	the falling left stroke
字形	一	丨	丶	丿
例字	丈且秋世丟	串	凡丸丹主	久乏乖乘

部首	乙	亅
發音	yǐ	jué
意義	second	hook
字形	乙、乚	亅
例字	乞乳乾亂	予事

丘		且		丈	
qiū		qiě		zhàng	
hill		as well		a unit of length	
丘陵 qiūlíng wolds	山丘 shānqiū hill	並且 bìngqiě furthermore	而且 érqiě moreover	丈量 zhàngliáng to measure	丈夫 zhàngfū husband
㇒ 𠂆 𠂇 斤 丘		丨 冂 月 目 且		一 ナ 丈	
	丘		且		丈

並		丟		世	
bìng		diū		shì	
and; also		to throw; to toss		generation; world	
並非 bìngfēi not	並排 bìngpái side by side	丟臉 diūliǎn to lose face	丟失 diūshī to lose	世代 shìdài generation	世界 shìjiè world
丶 丷 䒑 丫 业 业 並 並		一 二 千 王 丟 丟		一 十 卄 廿 世	

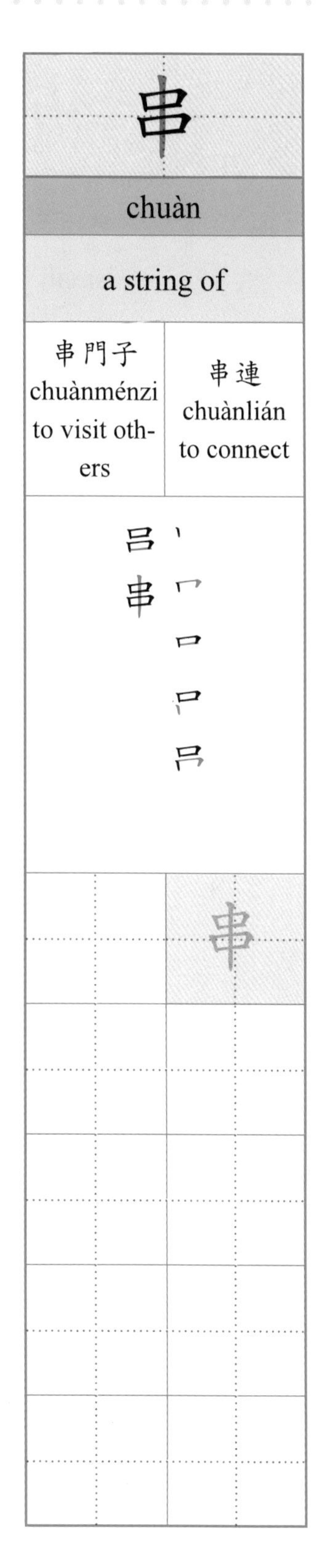

串

chuàn

a string of

串門子 chuànménzi to visit others	串連 chuànlián to connect

丶 冂 口 口 吕 吕 串

丹		丸	凡	
dān		wán	fán	
red		small ball	common	
丹青 dānqīng history	丹麥 Dānmài Denmark	藥丸 yàowán pill	平凡 píngfán common	凡是 fánshì every; any
丿 冂 冃 丹		丿 九 丸	丿 几 凡	

主

zhǔ

master; main

主人 zhǔrén master; owner	主席 zhǔxí chairman

丶 亠 亡 亡 主

主

乖		乏		久	
guāi		fá		jiǔ	
good		to lack		for a long time	
乖僻 guāipì eccentric	乖巧 guāiqiǎo well-behaved	乏味 fáwèi bored; boring	缺乏 quēfá to lack	久違 jiǔwéi long time no see	長久 chángjiǔ permanently
一 二 千 千 千 千 乖 乖		丿 𠂊 乏 乏 乏		丿 ク 久	
	乖		乏		久

乘	
chéng	
to multiply; to ride	
乘法 chéngfǎ multiplication	乘客 chéngkè passenger

一 二 千 千 千 千 乖 乖 乘 乘

乘

乾		乳		乞	
gān		rǔ		qǐ	
dry		milk		to beg	
乾淨 gānjìng clean	乾燥 gānzào dry	牛乳 niúrǔ milk	乳牛 rǔniú cow	乞求 qǐqiú to beg	乞丐 qǐgài beggar
十 十 古 古 古 直 卓 卓 幹 乾		孚 乳		丿 𠂉 乞	
	乾		乳		乞

亂	
luàn	
in disorder	
髒亂 zāngluàn messy	亂流 luànliú air turbulence

事	予
shì	yǔ
affairs; business; things	to give

事業 shìyè a career	事情 shìqíng an event	給予 gěiyǔ to give

練習題(一)

分類專家

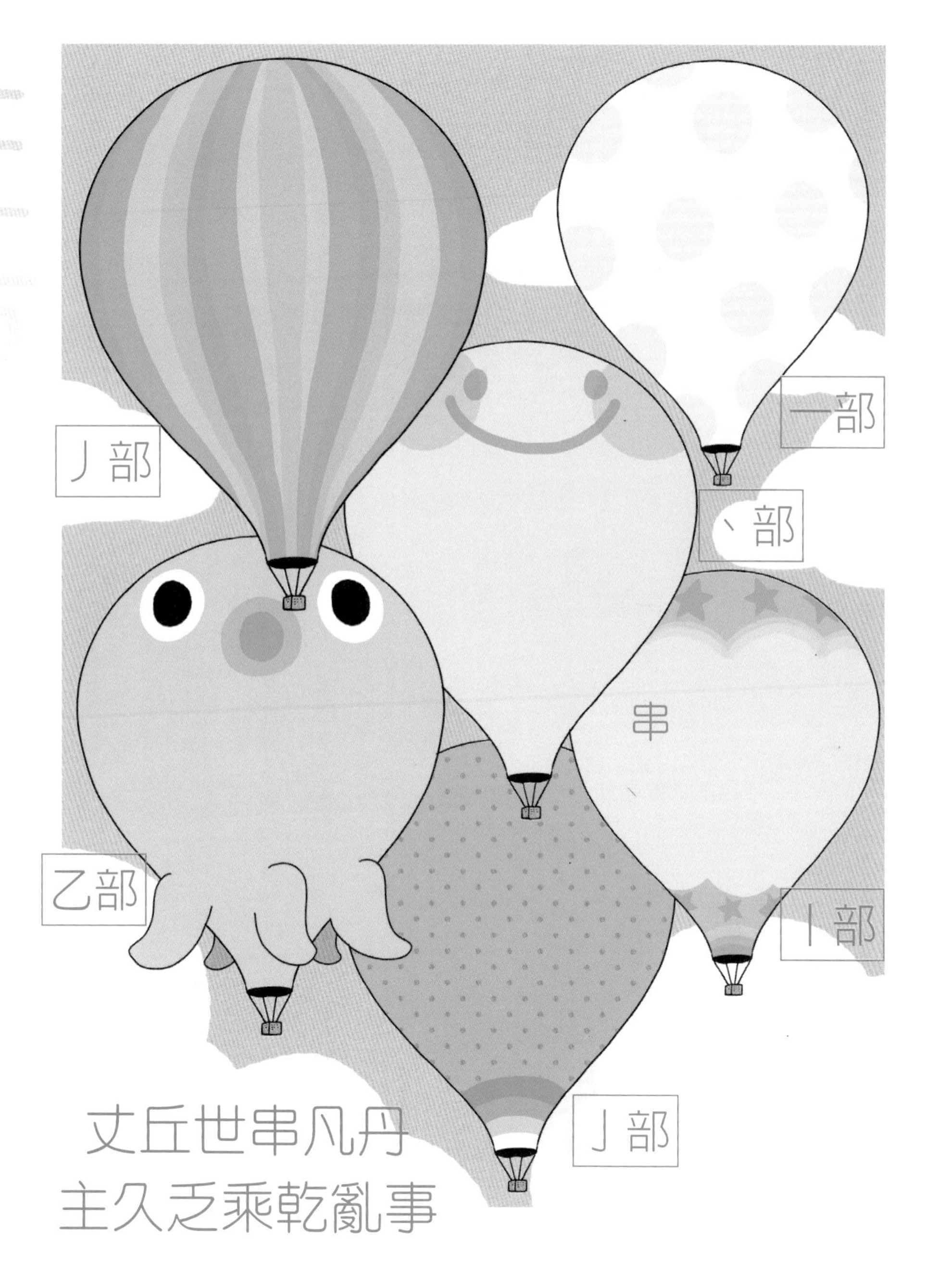
丿部
一部
丶部
串
乙部
丨部
亅部
丈丘世串凡丹
主久乏乘乾亂事

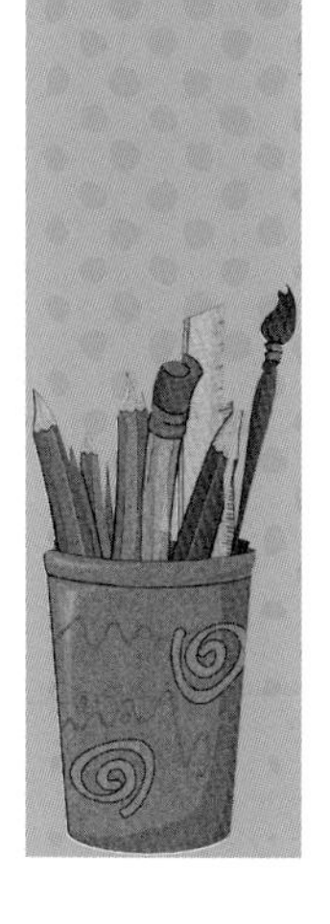

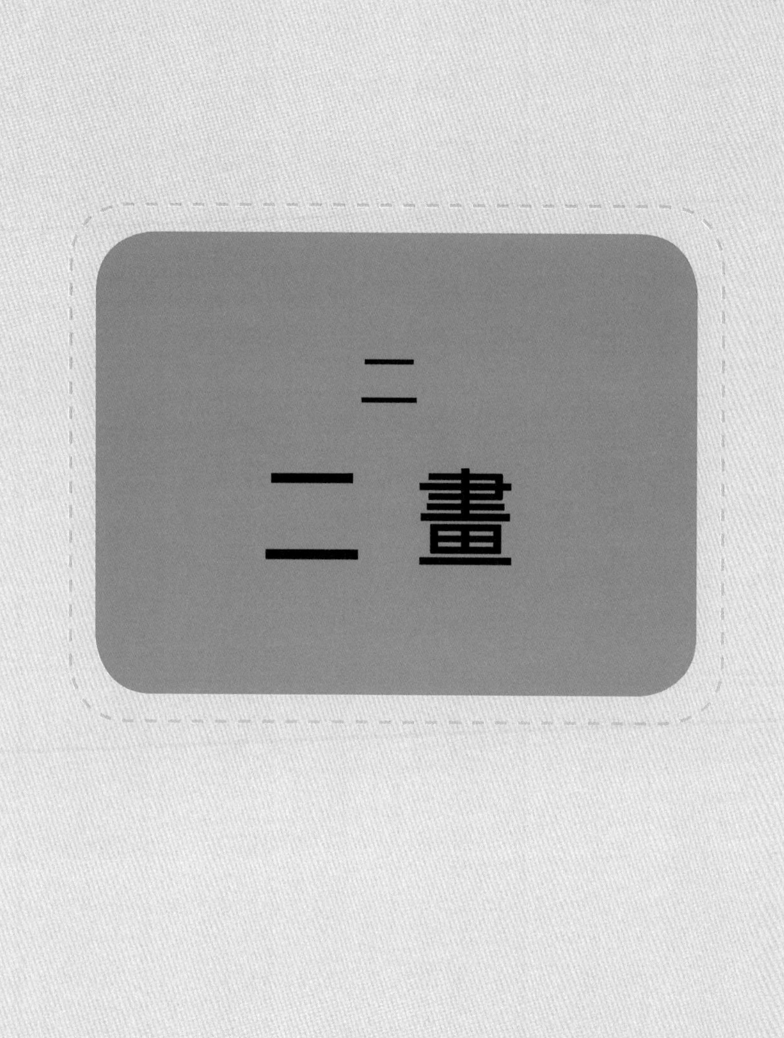
二
二畫

入	儿	亠	二	部首
rù	ér	tóu	èr	發音
enter	child	head	two	意義
入	儿	亠	二	字形
全	允 充 先 兇 免	亡 交 京 享 亭	户 井	例字

冫	冖	冂	八	部首
bīng	mì	jiōng	bā	發音
ice	cover	wide	eight	意義
冫	冖	冂	八	字形
冰 冷 冶 凋 凍	冗 冠 冥 冤	冊 冒 最	共 兵 典 具 兼	例字

匕	勹	力	凵	几	部首
bǐ	bāo	lì	kǎn	jī	發音
knife; spoon	wrap	power; strength	receptacle	a few; small table	意義
匕	勹	力	凵	几	字形
匕 化 匙	勺 勾 勿 匀 匆	力 功 劣 努 劫	凶 函	几 凰 凱	例字

卩	卜	十	匸	匚	部首
jié	bǔ	shí	xì	fāng	發音
seal	prophesy	ten	box; to hide	box	意義
卩、㔾	卜	十	匸	匚	字形
印 危 卯 即 卷	卜 卡 占 掛	升 半 午 卉 卑	匹 匿 區	匠 匣 匪 匯 匱	例字

又	厶	厂	部首
yòu	sī	chăng	發音
again	private; secret	factory	意義
又	厶	厂	字形
又 叉 反 及 友	参	厄 厘 厚 厝 原	例字

井	户	
jǐng	hù	
well	door	
水井 shuǐjǐng well	帳户 zhànghù account	窗户 chuānghù window
一 二 井 井	丶 厂 户 户	
井	户	

京		交		亡
jīng		jiāo		wáng
the capital		to deliver		to die
京城 jīngchéng the capital	北京 běijīng Beijing	交換 jiāohuàn to exchange	交通 jiāotōng traffic	死亡 sǐwáng death
丶 亠 亣 亩 古 亨 亨 京		丶 亠 亣 六 交 交		丶 亠 亡
京		交		亡

亮		亭	享	
liàng		tíng	xiǎng	
bright		pavilion	to enjoy	
亮晶晶 liàng jīngjīng sparkling	亮光 liàngguāng light	涼亭 liángtíng pavilion	享年 xiǎngnián to die at the age of	享受 xiǎngshòu to enjoy
丶 亠 亠 𠅃 古 古 声 亭 亮		丶 亠 亠 𠅃 古 古 声 高 亭	丶 亠 亠 𠅃 古 亨 亨 享	
亮		亭	享	

先	充	允
xiān	chōng	yǔn
ahead; before	full	to allow
祖先 zǔxiān ancestors	充電 chōngdiàn to charge 充實 chōngshí substantial	允諾 yǔnnuò to promise 允許 yǔnxǔ to allow

免		兇
miǎn		xiōng
to exempt; to avoid		fierce
免費 miǎnfèi free	避免 bìmiǎn to avoid	兇猛 xiōngměng fierce

全	
quán	
whole; entire	
全部 quánbù all	安全 ānquán safe

丿 入 亼 仐 仝 全

典		兵		共	
diǎn		bīng		gòng	
statute		arms		common; to share	
典禮 diǎnlǐ ceremony	典故 diǎngù allusion	兵器 bīngqì weapon	士兵 shìbīng soldier	共識 gòngshì common view	公共 gōnggòng public
丨 冂 冂 冃 曲 曲 典 典		一 厂 F 斤 丘 乒 兵		一 十 廾 廾 共 共	

兼	具	
jiān	jù	
concurrent	tools; to possess	
兼職 jiānzhí part-time job	玩具 wánjù toy	具備 jùbèi to have
丶 丷 䒑 ⺷ 𠂌 𠂌 𠂌 兼 兼 兼	丨 冂 冂 月 目 且 且 具	
兼	具	

最	冒		冊
zuì	mào		cè
the most	to emit		volume; book
最後 zuìhòu the last; the end	冒犯 màofàn to offend	感冒 gǎnmào to catch a cold	冊子 cèzi book

	最		冒		冊

冥		冠		冗
míng		guān; guàn		rǒng
deep; underworld		cap		superfluous
冥想 míngxiǎng meditation	冥府 míngfǔ hades	冠冕 guānmiǎn the royal crown; the official hat	冠軍 guànjūn champion	冗長 rǒngcháng tediously long
冥		冠		冗

冤	
yuān	
injustice	
冤仇 yuānchóu enmity	冤枉 yuānwǎng to do sb. an injustice

冶		冷		冰	
yě		lěng		bīng	
smelt		cold		ice	
冶炼 yěliàn smelting		冷水 lěngshuǐ cold water	冷淡 lěngdàn cold	冰块 bīngkuài ice cube	冰山 bīngshān iceberg
冶 丶 冫 冫 冫 冶 冶		冷 丶 冫 冫 冫 冷 冷		丶 冫 冫 冫 冰 冰	
	冶		冷		冰

准	凌		凍	凋
zhǔn	líng		dòng	diāo
to allow	to approach; to overbear		to freeze	to wither
准許 zhǔnxǔ to allow	凌晨 língchén before dawn	霸凌 bàlíng to bully	凍結 dòngjié to freeze	凋謝 diāoxiè to wither
准	凌		凍	凋

凝

níng

to condense

凝固 nínggù to solidify	凝視 níngshì to stare

凝

凱	凰	几
kǎi	huáng	jī
victorious	the female phoenix	small table
凱歌 kǎigē a song of victory	鳳凰 fènghuáng phoenix	茶几 chájī tea table
丨 山 山 山 屵 豈 豈 豈 豈 豈 凱 凱	丿 几 凡 凡 凨 凨 凨 凨 凨 凰 凰	丿 几
凱	凰	几

函	凶	
hán	xiōng	
letter	evil; bad	
信函 xìnhán letter	凶手 xiōngshǒu murderer	凶悍 xiōnghàn fierce
㇇ 了 了 孑 孒 丞 丞 函	丿 乂 凶 凶	

函 凶

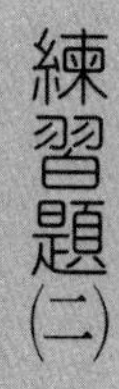
練習題(二)

看圖連連看

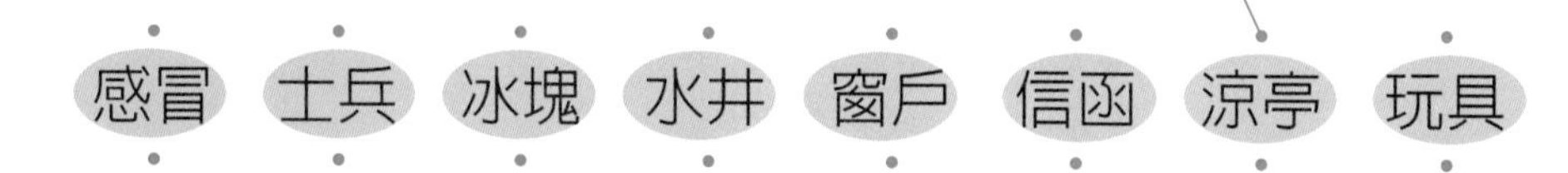
感冒
士兵
冰塊
水井
窗戶
信函
涼亭
玩具

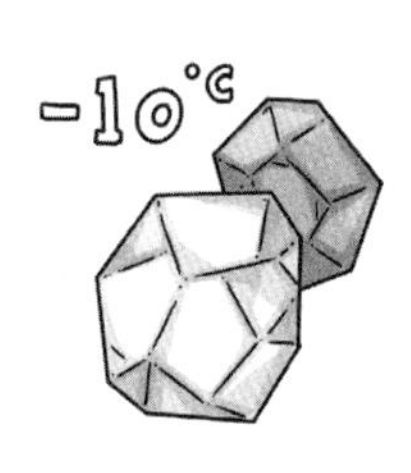
-10°C

劣		功		力	
liè		gōng		lì	
inferior		merit		strength	
劣勢 lièshì inferiority	劣等 lièděng low-grade	功課 gōngkè homework	功勞 gōngláo contribution	力氣 lìqì strength; might	體力 tǐlì physical strength
丨 ⺌ 小 少 劣 劣		一 丁 工 工 功		𠃌 力	
	劣		功		力

力部

勃	助		劫		努
bó	zhù		jié		nǔ
suddenly	to help		to rob		to exert
勃然大怒 bórán dànù suddenly get very angry	助手 zhùshǒu assistant	幫助 bāngzhù to help	劫機 jiéjī to hijack	搶劫 qiǎngjié to rob	努力 nǔlì to exert; efforts
勃	助		劫		努

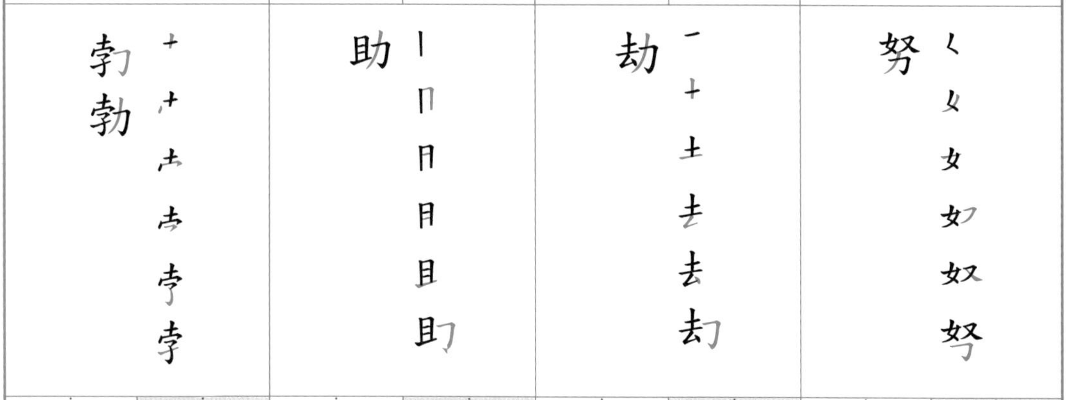

動		勇		勁	勉	
dòng		yǒng		jìn	miǎn	
to make a movement		brave		strength; energy	to urge	
動心 dòngxīn to be touched	動作 dòngzuò movement	勇士 yǒngshì brave warrior	勇敢 yǒnggǎn brave	勁敵 jìndí powerful enemy or rival	勉強 miǎnqiǎng to force sb. to do sth.	勉勵 miǎnlì to encourage

動 勇 勁 勉

勝		勞		務		勒
shēng; shèng		láo		wù		lè
can bear; to win		to work; fatigued		be sure; business		to force; to tie or strap sth. tight
勝任 shēngrèn to be equal to	勝利 shènglì victory	勞工 láogōng labor	疲勞 píláo tired	務必 wùbì must	任務 rènwù task	勒索 lèsuǒ to blackmail

勳	勢	勤	募
xūn	shì	qín	mù
merit	power	diligent	to recruit
勳章 xūnzhāng medal of honor	勢力 shìlì power	勤勞 qínláo diligent 殷勤 yīnqín courtesy	招募 zhāomù to recruit

勸	勵
quàn	lì
to persuade	to encourage
勸告 quàngào to advise	獎勵 jiǎnglì reward

dòng
gōng
lì
quàn
yǒng
lì
zhù
勵
助
功
動
力
勸
勇

勿	勾		勺
wù	gōu		sháo
not	to hook; to mark		ladle
請勿 qǐngwù please don't	勾結 gōujié to hook	打勾 dǎgōu to mark	勺子 sháozi ladle
ノ 勹 勺 勿	ノ 勹 勾 勾		ノ 勹 勺
勿	勾		勺

匆	匀
cōng	yún
hasty	even; smooth
匆忙 cōngmáng hurriedly	匀稱 yúnchèn well-balanced
丿 勹 勺 匆 匆	丿 勹 匀 匀
匆	匀

匙		化		匕
chí; shi		huà		bǐ
spoon; key		to change; to transform		dagger; arrowhead
湯匙 tāngchí spoon	鑰匙 yàoshi key	化妝 huàzhuāng to make up	化學 huàxué chemistry	匕首 bǐshǒu dagger
丨 ㄇ 日 日 旦 早 早 昰 是 是 匙		丿 亻 亻 化		一 匕

匪	匣	匠
fěi	xiá	jiàng
robber; bandit	small box	craftsman; artisan
匪徒 fěitú gangster; 搶匪 qiǎngfěi robber	匣子 xiázi small box	木匠 mùjiàng carpenter; 鐵匠 tiějiàng blacksmith
一 丁 丁 丁 丁 丁 丁 非 非 匪	一 丅 冂 冃 冃 曱 匣	一 ⺁ 厂 斤 斤 匠

匱	匯	
kuì	huì	
deficient	to come together	
匱乏 kuìfá short of sth.	匯合 huìhé to meet	匯率 huìlǜ exchange rate
匱	匯	

區		匿		匹	
qū		nì		pī; pǐ	
to distinguish; area		to hide		measure word; to be equal to	
區分 qūfēn to sort	社區 shèqū community	匿名 nìmíng anonymous	藏匿 cángnì to hide	馬匹 mǎpī horse	匹敵 pǐdí to match or equal

半		午		升	
bàn		wǔ		shēng	
half		noon		to rise	
半票 bànpiào half fare ticket	半夜 bànyè midnight	午休 wǔxiū noon break	午飯 wǔfàn lunch	升級 shēngjí to upgrade	升遷 shēngqiān to be promoted
丶 丷 䒑 兰 半		ノ 𠂉 𠂊 午		丿 𠂆 千 升	
	半		午		升

卓		協		卑		卉
zhuó		xié		bēi		huì
outstanding		to assist		lowly		grass
卓見 zhuójiàn brilliant idea	卓絕 zhuójué extreme	協助 xiézhù to help	協約 xiéyuē pact	卑鄙 bēibǐ despicable	自卑 zìbēi to feel inferior	花卉 huāhuì flowers and plants
丨 ⺊ ⺊ 占 占 卓 卓 卓		十 忄 忄 协 协 協 協		ノ 亻 白 白 白 白 卑 卑		一 十 土 卉 卉

博		卒	
bó		zú	
wide; to gamble		soldier; die	
博士 bóshì doctor	賭博 dǔbó gambling	兵卒 bīngzú soldier	卒年 zúnián year of death
一 十 𠂇 𠂇 扌 扌 扌 扌 捕 捕 博 博		丶 亠 亠 亠 亠 亠 亠 卒	
	博		卒

占	卡	卜
zhān; zhàn	kǎ	bǔ
to divine; to occupy	card; to get stuck	to divine
占卜 zhānbǔ to divine / 占領 zhànlǐng to occupy	卡片 kǎpiàn card / 卡住 kǎzhù to get stuck	卜卦 bǔguà to divine
丨 ⺊ ⺊ 占 占	丨 ⺊ 上 卡 卡	丨 卜
占	卡	卜

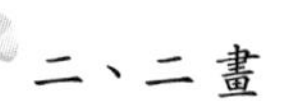

卵	危		印	
luǎn	wéi		yìn	
egg	danger		seal; print	
卵生 luǎnshēng oviparous	危害 wéihài to hurt; to harm	危險 wéixiǎn dangerous	印章 yìnzhāng seal, stamp	印刷 yìnshuā to print
卵 … 卵	… 危		… 印	
卵	危		印	

郤	卸	卷	即
què	xiè	juàn	jí
to step back; but	to unload	paper	immediately; even if
郤步 quèbù to move back; 郤是 quèshì but it is	卸任 xièrèn to leave one's office; 卸除 xièchú disboard	考卷 kǎojuàn examination paper	即興 jíxìng impromptu; 即使 jíshǐ even though
丿 八 ⺈ 𠔉 谷 谷 谷 郤 郤	丿 ⺈ 𠂉 午 午 缶 卸 卸	丶 丷 䒑 兰 𠔉 券 券 卷	㇆ ㇋ ⺕ 㒸 艮 即 即

卿

qīng

a high official rank; darling

國務卿 guó wùqīng secretary of state	卿卿我我 qīnqīng wǒwǒ to be very much in love

卿

練習題(四)

文字之美

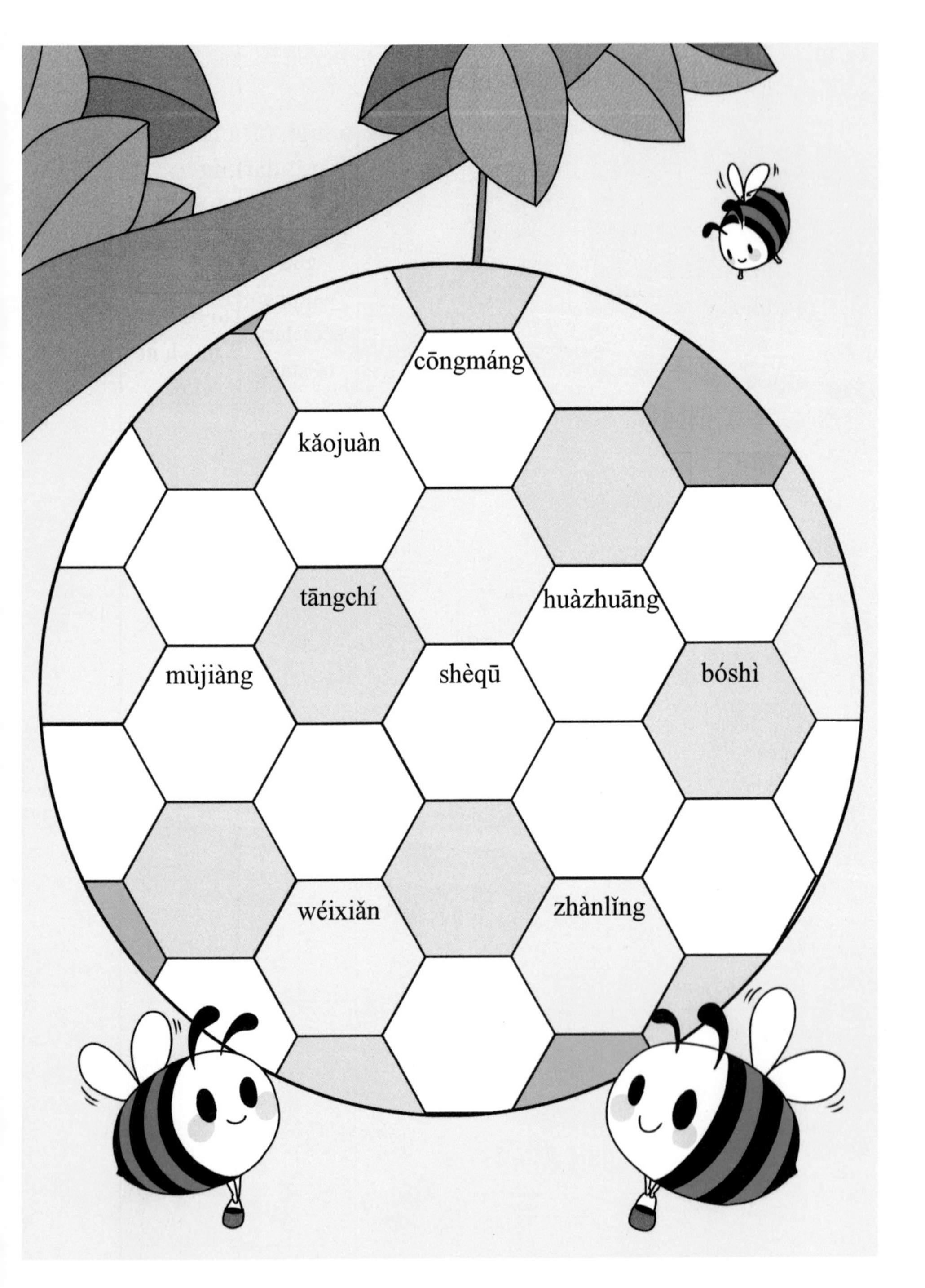
cōngmáng
kǎojuàn
tāngchí
huàzhuāng
mùjiàng
shèqū
bóshì
wéixiǎn
zhànlǐng

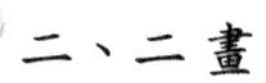

厝	厚	厄
cuò	hòu	è
house	thickness; lenient	difficulty
古厝 gǔcuò old house	厚度 hòudù depth 忠厚 zhōnghòu honest and kind	厄運 èyùn bad luck
一 丆 厂 厈 厈 厈 厈 厝 厝 厝	一 丆 厂 厂 厂 厂 厚 厚 厚	一 丆 厅 厄

厝	厚	厄

厲		厥		原	
lì		jué		yuán	
strict; harsh		to faint; his		original	
嚴厲 yánlì strict	厲害 lìhài impressive	昏厥 hūnjué to faint	大放厥詞 dàfàngjuécí to talk nonsense	原因 yuányīn reason	原著 yuánzhù original work
一 厂 厂 厂 厂 厂 厈 厈 厓 厓 厲 厲 厲 厲 厲		一 厂 厂 厂 厂 厂 厈 厈 厥 厥 厥 厥		一 厂 厂 厂 厂 厂 厂 厂 厂 原	
	厲		厥		原

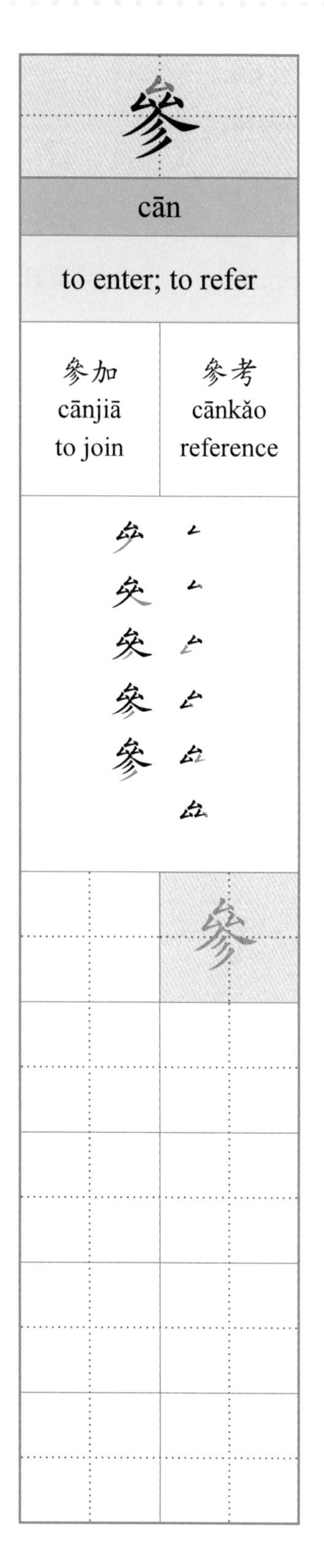
參
cān
to enter; to refer
參加
cānjiā
to join
參考
cānkǎo
reference

ㄙ部

反		叉	又
fǎn		chā	yòu
contrary; opposite		fork	again
反抗 fǎnkàng to resist	相反 xiāngfǎn reverse; opposite	叉子 chāzi fork	又一次 yòu yí cì again
一 厂 万 反		㇇ 又 叉	㇇ 又
反		叉	又

受		取		友		及	
shòu		qǔ		yǒu		jí	
to receive		to get; to take		friend		in time for; to reach	
受傷 shòushāng to get hurt	接受 jiēshòu to receive	取代 qǔdài to replace	取悅 qǔyuè to please	友善 yǒushàn friendly	朋友 péngyǒu friend	及早 jízǎo as soon as possible	及格 jígé to past the test
受		取		一 ナ 方 友		ノ ㄗ 乃 及	
	受		取		友		及

叢	曼	叟	叛
cóng	màn	sǒu	pàn
shrub	graceful	old man	to betray
叢林 cónglín forest; 草叢 cǎocóng brushwood	曼妙 mànmiào lithe and graceful	童叟無欺 tóngsǒu wúqī to be very honest	叛徒 pàntú traitor; 背叛 bèipàn to betray

叢 曼 叟 叛

練習題(五)

拼音大考驗

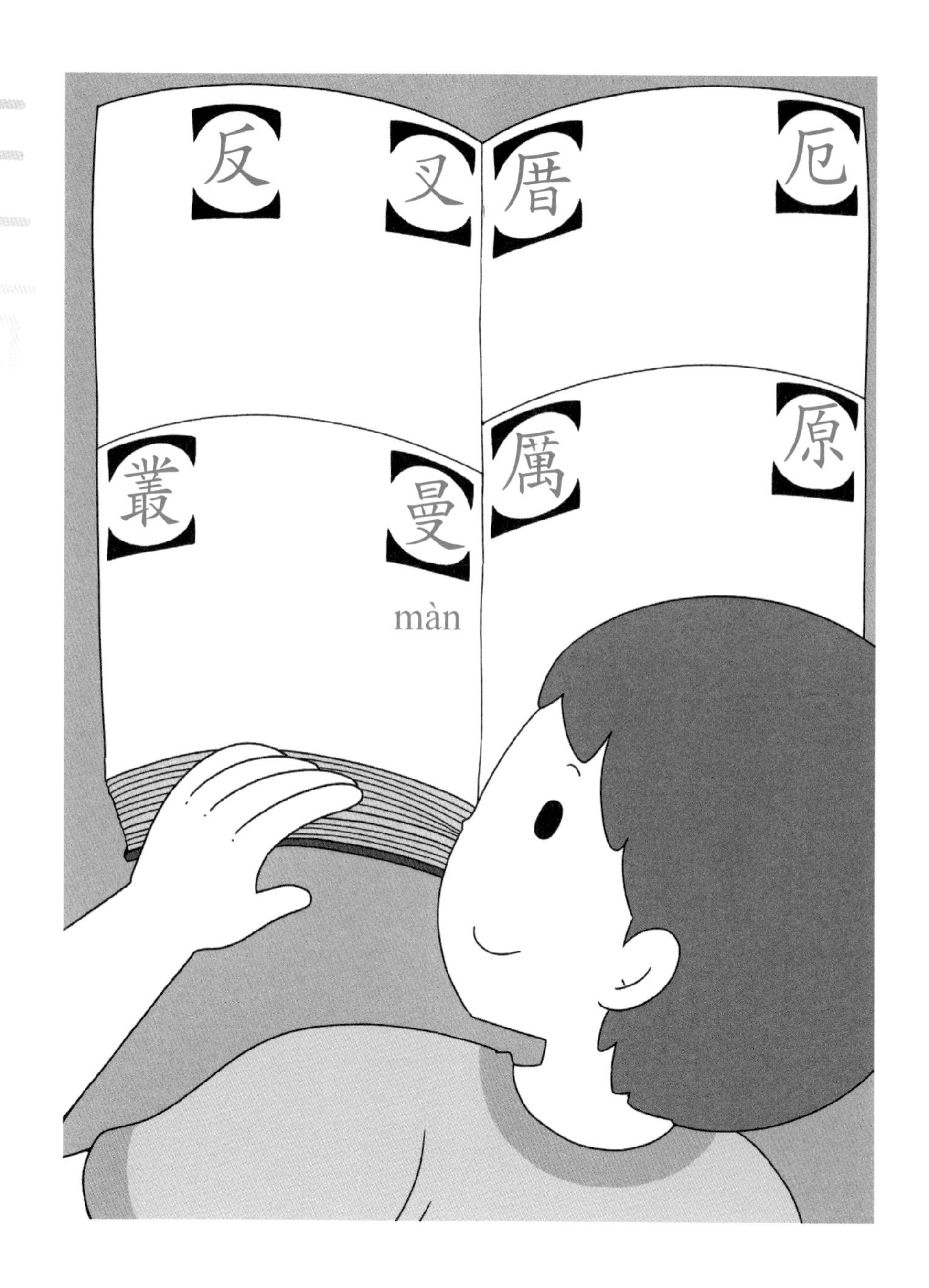

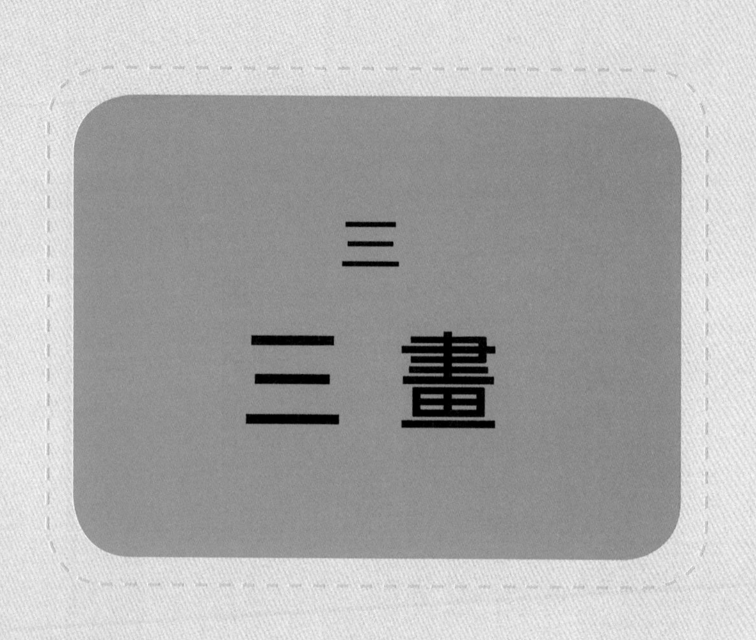

三

三畫

部首

部首	口	夕	大	寸
發音	wéi	xì	dà	cùn
意義	surround	dusk	big	inch
字形	口	夕	大	寸
例字	囚回因囤困	夕夙夜夠夥	夫太天失央	寸寺封射將

部首	小	尢	尸	屮
發音	xiǎo	yóu	shī	chè
意義	small	especially; weak	corpse	sprout
字形	小	尢	尸	屮
例字	尖尚	尤尬尷	尼屁尿局尾	屯

干	巾	己	工	巛	部首
gān	jīn	jǐ	gōng	chuān	發音
dry; to do	kerchief; towel	self	labour; work	river	意義
干	巾	己、已、巳	工	巛、川	字形
干平年幸幹	巾布市帆希	己已巴巷	工巨巧巫差	川州巢	例字

弋	廾	廴	广	幺	部首
yì	gǒng	yǐn	guǎng	yāo	發音
to shoot with bow	two hands	to pull, draw out	wide; broad	youngest; tiny	意義
弋	廾	廴	广	幺	字形
弋式	弄弈弊	廷延建	庇序床府底	幻幼幽幾	例字

彳	彡	彐	弓	部首
chì	shān	jì	gōng	發音
to walk slowly	hair	snout	bow	意義
彳	彡	彐、彑、⺕	弓	字形
彷役彼彿征	彩彬彰影	慧彙	弓弔引弘弛	例字

因		回		囚	
yīn		huí		qiú	
reason		to go back		prisoner; to imprison	
因爲 yīnwèi because	因果 yīnguǒ cause and effect	回家 huíjiā to go home	回答 huídá to answer	囚犯 qiúfàn prisoner	囚禁 qiújìn to imprison
丨 冂 円 冃 因 因		丨 冂 冂 冋 冋 回		丨 冂 冂 闪 囚	
	因		回		囚

固		囪	困	囤
gù		cōng	kùn	tún
firm; solid		chimney	to besiege	to store up
固執 gùzhí stubborn	堅固 jiāngù solid	煙囪 yāncōng chimney	困擾 kùnrǎo besieged	囤積 túnjī to store up

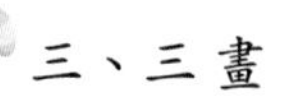

圍	圈	國	圃
wéi	quān	guó	pǔ
to surround; fence	circle	country; nation	garden
圍棋 wéiqí a kind of chess game 包圍 bāowéi to besiege	圈套 quāntào trap 甜甜圈 tián-tiánquān donut	國王 guówáng king 國家 guójiā country	花圃 huāpǔ flower garden

團	圖		園	
tuán	tú		yuán	
round	picture		garden	
團圓 tuányuán reunion	圖片 túpiàn picture	地圖 dìtú map	幼稚園 yòu- zhìyuán kindergar- ten	園藝 yuányì gardening

團 團 團 圖 圖 圖 園 園 園

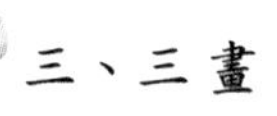

夜		夙	夕	
yè		sù	xì	
night		old; original	sunset; evening	
夜晚 yèwǎn night	夜市 yèshì night market	夙願 sùyuàn a long-cherished wish	夕陽 xìyáng	除夕 chúxì
亠 广 广 疒 疒 夜 夜		丿 几 凡 凡 夙 夙	丿 ク 夕	

夥	夢		夠
huǒ	mèng		gòu
numerous	dream		enough
夥伴 huǒbàn companion	夢想 mèng xiǎng dream	夢遊 mèngyóu sleepwalk- ing	足夠 zúgòu enough
丶 口 日 日 旦 甲 果 果 果 果 果 夥 夥 夥	丶 ˉ 艹 艹 艹 芇 芇 芇 苗 苗 苗 苗 夢 夢		ノ ク 夕 夕 多 多 多 多 多 夠 夠 夠 夠
夥	夢		夠

夭	太		夫	
yāo	tài		fū	
to die young	too		husband	
夭折 yāozhé to die young	太陽 tàiyáng sun	太太 tàitai Mrs.; Mad-am	夫人 fūrén Mrs.; Mad-am	丈夫 zhàngfū husband
一 二 チ 夭	一 ナ 大 太		一 二 キ 夫	

	夭		太		夫

夷		夸		央		失	
yí		kuā		yāng		shī	
safe; raze		big; exaggerate		entreat; beg; center		to lose	
化險爲夷 huàxiǎn wéiyí to turn peril into safe	夷爲平地 yí wéi píngdì to level to the ground	夸脱 kuātuō quart	夸誕 kuādàn exaggeration	央求 yāngqiú to implore	中央 zhōngyāng center	失去 shīqù to lose	失聯 shīlián to lose contact with sb.
一 ㇕ 彐 弓 夷 夷		一 ナ 大 大 夳 夸		丨 冂 口 央 央		ノ 𠂉 二 牛 失	
夷		夸		央		失	

奈	奉	奔	夾
nài	fèng	bēn	jiá
what; how	to give respectfully	to run	clip; folder
無奈 wúnài to have no choice; 奈何 nàihé but how	奉獻 fèngxiàn to contribute	奔跑 bēnpǎo to run	夾層 jiácéng double layer; 夾克 jiákè jacket
一 ナ 大 太 夳 夲 夵 奈	一 二 三 丰 夫 夫 夫 奉	一 ナ 大 太 本 夲 夲 奔	一 丆 丆 双 双 夾 夾
奈	奉	奔	夾

奏	契	奄	奇
zòu	qì	yān	qí
to play instruments	contract	weak; suddenly	unusual; strange
演奏 yǎnzòu to play	契約 qìyuē contract; 契合 qìhé compatible	奄奄一息 yānyān yìxí at one's last gasp; 奄忽 yānhū suddenly	奇怪 qíguài odd; 驚奇 jīngqí to be amazed
一 二 三 丰 夫 夫 奏 奏 奏	一 二 三 丰 㓞 㓞 㓞 契 契	一 ナ 大 大 夻 夻 夻 奄	一 ナ 大 太 奇 奇 奇 奇
奏	契	奄	奇

奠	奢		奚	套	
diàn	shē		xī	tào	
to settle	luxurious; excessive		what	measure word; set; cover	
奠定 diàndìng to establish	奢侈 shēchǐ luxury	奢望 shēwàng extrava- gant hopes	奚落 xīluò to taunt	套裝 tàozhuāng suit	外套 wàitào jacket; coat
丶 丷 䒑 产 芮 芮 芮 茜 茜 酋 奠 奠	一 ナ 大 太 本 夲 夲 夲 奢 奢 奢		ノ 〃 〃 〃 爫 爫 爫 奚 奚 奚	一 ナ 大 木 本 本 本 套 套 套 套	

奠	奢	奚	套

奮		奪		奧	
fèn		duó		ào	
to exert oneself; effort		to take away by force		abstruse	
興奮 xīngfèn to be excit-ed	勤奮 qínfèn diligent	奪命 duómìng to take one's life	搶奪 qiǎngduó to rob	奧運 àoyùn Olympic	深奧 shēnào abstruse; deep

練習題(六)

分類專家

封		寺	寸
fēng		sì	cùn
measure word; to seal; to close		temple	inch
封閉 fēngbì closed	信封 xìnfēng envelope	寺廟 sìmiào temple	英寸 yīngcùn inch

尉	專		將		射
wèi	zhuān		jiāng; jiàng		shè
junior officer	focus on sth.; specially		will; general		to shoot
上尉 shànwèi captain	專心 zhuānxīn concentrate	專門 zhuānmén specially	將來 jiānglái the future	將領 jiànglǐng general	射箭 shèjiàn to shoot an arrow
㇕ ㇕ 尸 尸 尸 尸 屌 屌 屌 尉 尉	一 一 冖 冂 冃 冃 亘 車 車 專 專		㇗ 丩 丬 丬 丬 丬 丬 丬 將 將 將		ノ 亻 冂 冂 冂 冂 身 身 射 射

導	尊	尋
dǎo	zūn	xún
to guide	senior	to search
導師 dǎoshī teacher; tutor 引導 yǐndǎo to lead; to guide	尊敬 zūnjìng to respect 自尊 zìzūn self-respect	尋找 xúnzhǎo to look for

尚		尖	
shàng		jiān	
yet; superior		sharp	
尚未 shàngwéi not yet	高尚 gāoshàng noble	尖叫 jiānjiào to scream	尖端 jiānduān peak
丨 丨丨 ⺌ 𫩏 尚 尚 尚 尚		丨 ⺊ 小 ⺌ 尖 尖	
	尚		尖

尢部

尷	尬	尤
gān	gà	yóu
embarrassed	embarrassed	especially; blame
尷尬 gāngà embarrassed	尷尬 gāngà embarrassed	尤其 yóuqí especially 怨天尤人 yuàntiān yóurén blame everyone and everything but not oneself

尿	屁		尼	
niào	pì		ní	
urine	fart; buttock		nun	
尿液 niàoyè urine	放屁 fàngpì fart	屁股 pìgŭ buttock	尼姑 nígū nun	尼龍 nílóng nylon

居		屆		尾	局	
jū		jiè		wěi	jú	
to live at		to fall due; measure word		tail	measure word; game; institution	
居民 jūmín resident	居住 jūzhù to live at	屆滿 jièmǎn expiration	歷屆 lìjiè previous sessions	尾巴 wěiba tail	出局 chūjú game out	警察局 jǐngchájú police station
㇕ ㇕ 尸 尸 屌 屌 居 居		㇕ ㇕ 尸 尸 屌 屆 屆 屆		㇕ ㇕ 尸 尸 尸 尸 尾	㇕ ㇕ 尸 月 局 局 局	
居		屆		尾	局	

屋	屍	屏		屈	
wū	shī	píng		qū	
house	corpse	shield; screen		to subdue; wrong	
屋子 wūzi house	屍體 shītǐ corpse	屏風 píngfēng shield to block wind	屏幕 píngmù screen	屈服 qūfú surrender	委屈 wěiqū to feel wronged
㇕ ㇕ 尸 尸 层 层 层 屋 屋	㇕ ㇕ 尸 尸 尸 尸 屍 屍 屍	㇕ ㇕ 尸 尸 尸 尸 屏 屏 屏		㇕ ㇕ 尸 尸 屈 屈 屈 屈	
屋	屍	屏		屈	

屠	屜	展	屐
tú	tì	zhǎn	jī
to kill	drawer	to unfold; to exhibit	wooden shoes
屠夫 túfū butcher; 屠殺 túshā to slaughter	抽屜 chōutì drawer	展開 zhǎnkāi to unfold; 展覽 zhǎnlǎn exhibition	木屐 mùjī wooden shoes
屠	屜	展	屐

層		履		屣		屢
céng		lǚ		xǐ		lǚ
measure word; coat; layer		shoes; to tread		straw sandals		repeatedly
層次 céngcì gradation	表層 biǎocéng surface	履行 lǚxíng to fulfill	履歷 lǚlì resume	敝屣 bìxǐ worn-out shoes	棄如敝屣 cìrúbìxǐ tossed away	屢次 lǚcì again and again

屬

shǔ

category; to belong to

金屬 jīnshǔ metal	屬於 shǔyú to belong to

練習題(七)

分類專家

屯	
tún	
hoard; station	
屯糧 túnliáng hoards grain	駐屯 zhùtún to be stationed

一 𠂉 𠃑 屯

	屯

巢		州	川
cháo		zhōu	chuān
nest		state	river
巢穴 cháoxuè den	鳥巢 niǎocháo nest	州長 zhōuzhǎng governor of a province	河川 héchuān river

巧		巨		工	
qiǎo		jù		gōng	
skillful; opportunely		huge; big		work; labour; skill	
巧妙 qiǎomiào ingenious	碰巧 pèngqiǎo by chance	巨人 jùrén giant	巨大 jùdà huge	工人 gōngrén worker	工夫 gōngfū skill
一 丅 工 工一 巧		一 厂 𠂇 巨 巨		一 丅 工	
	巧		巨		工

差		巫
chā; chāi		wū
difference; job		wizard; witch
差別 chābié distinction	出差 chūchāi be on a business trip	巫婆 wūpó witch
丷 丷 䒑 兰 羊 羊 ⺶ 𦍌 差 差		一 丅 丌 丌 邳 巫 巫
差		巫

巴		已	己
bā		yǐ	jǐ
to close to; to expect		already	self
巴結 bājié to truckle to	巴望 bāwàng look for- ward to	已經 yǐjīng already	自己 zìjǐ self
㇆ ㄱ ㄲ 巴		㇆ コ 已	㇆ コ 己
	巴	已	己

巷

xiàng

alley

巷子
xiàngzi
alley

一 十 廾 廾 共 共 巷 巷 巷

巷

市		布		巾	
shì		bù		jīn	
market		cloth; to arrange		towel; scarf	
市民 shìmín citizen	市場 shìchǎng market	布袋 bùdài sack	布置 bùzhì to decorate	毛巾 máojīn towel	頭巾 tóujīn hood
丶 亠 亣 市 市		一 ナ 𠂇 右 布		丨 冂 巾	
	市		布		巾

帕	帛	希	帆	
pà	bó	xī	fán	
handkerchief	silk	hope	sail	
手帕 shǒupà handkerchief	布帛 bùbó cloth and silk	希望 xīwàng hope	帆布 fánbù canvas	帆船 fánchuán sailboat

帝	帚	帖	帑
dì	zhǒu	tiě	tǎng
monarch	broom	invitation card	public funds
帝王 dìwáng emperor / 帝國 dìguó empire	掃帚 sàozhǒu broom	喜帖 xǐtiě wedding invitation	公帑 gōngtǎng public funds

帶		師	席		帥	
dài		shī	xí		shuài	
belt; zone; to carry		teacher	mat		handsome; commander	
熱帶 rèdài the tropics	帶路 dàilù to lead the way	老師 lǎoshī teacher	席捲 xíjuǎn to roll up	座席 zuòxí seat	帥哥 shuàigē handsome man	統帥 tǒngshuài commander in chief

帽	帷	常	帳
mào	wèi	cháng	zhàng
hat	tent	constant; usually	account; tent
帽子 màozi hat	帷幕 wéimù military tent	常態 chángtài normality; 經常 jīngcháng often	帳户 zhànghù account; 帳篷 zhàngpéng tent
帽	帷	常	帳

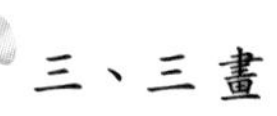

幔	幣	幌	幅
màn	bì	huǎng	fú
curtain	currency	curtain	measure word; the width of cloth
布幔 bùmàn curtain	幣值 bìzhí currency value 錢幣 qiánbì coin	幌子 huǎngzi guise	一幅畫 yī fú huà a painting 幅度 fúdù range

幫	幢	幟	幕
bāng	chuáng	zhì	mù
to help; group	measure word	flag; banne	curtain
幫手 bāngshǒu helping hand; 幫派 bāngpài gang	幢幢 chuángchuáng flickering	旗幟 qízhì flag	幕後 mùhòu backstage; 幕僚 mùliáo chief's staff members

練習題(八)

填空高手

年		平		干	
nián		píng		gān	
year		equal; smooth		to interfere; dry	
年齡 niánlíng age	新年 xīnnián New year	平等 píngděng equality	平坦 píngtǎn flat	干涉 gānshè to interfere	豆干 dòugān dried bean curd
丿 𠂉 𠂒 𠂔 𠂕 年		一 ㇀ 𠀁 丷 平		一 二 干	
	年		平		干

幹		幸	
gàn		xìng	
to do; trunk of tree or of human body		luck	
能幹 nénggàn capable	樹幹 shùgàn trunk	幸福 xìngfú bliss	幸運 xìngyùn lucky

幽		幼	幻	
yōu		yòu	huàn	
deep; quite		young	illusory	
幽暗 yōuàn dim	幽靜 yōujìng quite	年幼 niányòu young	幻想 huànxiǎng fantasy	幻覺 huànjué illusion
丨 ㄐ 幺 幺 幺 幺 幺 幽 幽		ㄥ 幺 幺 幻 幼	ㄥ 幺 幺 幻	
	幽	幼		幻

幾

jī; jǐ

nearly; several

幾乎	幾何
jīhū	jǐhé
nearly	geometry

床		序		庇
chuáng		xù		bì
bed		initial; sequence		to protect
床鋪 chuángpù bed	河床 héchuáng riverbed	序幕 xùmù prologue	序號 xùhào order number	包庇 bāobì to shelter
床 丶 亠 广 广 庁 庁		序 丶 亠 广 广 户 户		庇 丶 亠 广 广 庀 庀
	床		序	庇

度		店		底		府	
dù		diàn		dǐ		fǔ	
to pass; degree		shop		the bottom; the base		the seat of government	
度日 dùrì to make a living	程度 chéngdù degree	店面 diànmiàn shop front	店員 diànyuán salesclerk	底下 dǐxià under; below	底片 dǐpiàn film	政府 zhèngfǔ government	
丶 亠 广 广 庐 庐 庐 庐 度		丶 亠 广 庁 庁 庁 店 店		丶 亠 广 广 庀 庀 底 底		丶 亠 广 广 庁 庁 府 府	
	度		店		底		府

庶	康		座		庭	
shù	kāng		zuò		tíng	
numerous	health		seat		yard	
庶民 shùmín the common people	康復 kāngfù to recover	健康 jiànkāng healthy	座位 zuòwèi seat	座右銘 zuòyòu- míng motto	庭院 tíngyuàn yard	法庭 fǎtíng courtyard
丶 亠 广 广 庐 庐 庐 庐 庶 庶 庶	丶 亠 广 户 户 户 康 康 康 康 康		丶 亠 广 广 广 广 座 座 座 座		丶 亠 广 广 广 庄 庄 庭 庭 庭	
庶	康		座		庭	

廁	廂	廊	庸
cè	xiāng	láng	yōng
toilet	carriage	gallery	commonplace
廁所 cèsuǒ toilet	廂房 xiāngfáng carriage	走廊 zǒuláng hallway	平庸 píngyōng mediocre
丶 亠 广 广 广 广 广 广 广 广 广 廁	丶 亠 广 广 广 庁 庁 庁 庂 庂 廂	丶 亠 广 广 广 广 广 广 广 广 廊	丶 亠 广 广 户 户 户 户 户 户 庸

廁 廂 廊 庸

廢	廟	廈	廉
fèi	miào	xià	lián
to abolish	temple	building	low price; honest
廢除 fèichú to abolish; 廢氣 fèiqì waste gas	廟宇 miàoyǔ temple	大廈 dàxià tall build-ing; 廈門 xiàmén Amoy	廉價 liánjià low price; 廉潔 liánjié incorrupt-ible
廢	廟	廈	廉

龐	廚	廠	廣
páng	chú	chǎng	guǎng
huge	kitchen	factory	extensive; wide
龐大 pángdà huge	廚房 chúfáng kitchen; 廚師 chúshī cook	工廠 gōngchǎng factory	廣大 guǎngdà wide; 廣告 guǎnggào advertisement
丶 亠 广 广 广 广 庐 庐 庐 庐 庐 庐 庐 庐 庐 龐	丶 亠 广 广 广 广 广 庐 庐 庐 庐 庐 庐 廚 廚	丶 亠 广 广 广 广 广 庐 庐 庐 庐 庐 庐 廠 廠	丶 亠 广 广 广 广 广 庐 庐 庐 庐 庐 庐 廣 廣

廳

tīng

hall

客廳 kètīng living room	餐廳 cāntīng restaurant

丶 亠 广 广 庐 庁
厅 厅 盾 盾 盾 盾
盾 庫 庫 廚 廚 廚
廳 廳 廳 廳 廳 廳

廳

練習題(九)

拼音大考驗

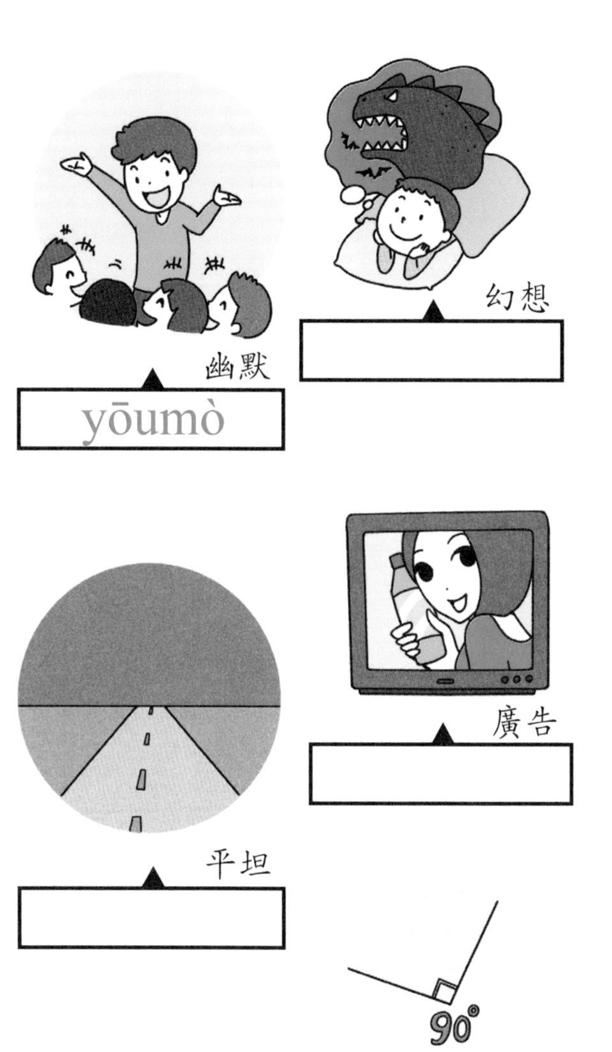

店員

新年

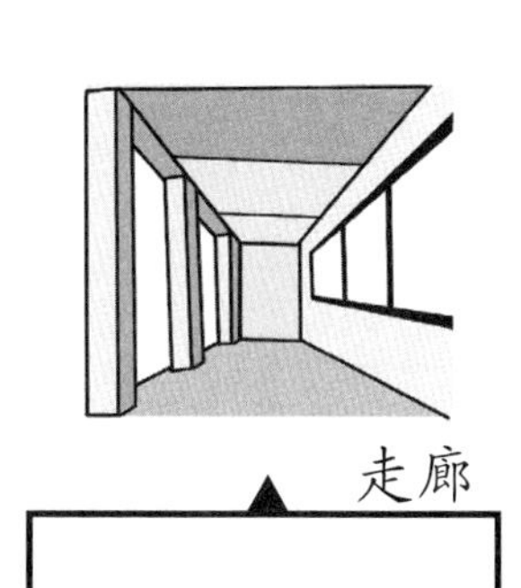

走廊

建	延	廷
jiàn	yán	tíng
to build	to extend	the court
建立 jiànlì establish; 建築 jiànzhú building	延伸 yánshēn to stretch; 延長 yáncháng to prolong	朝廷 cháotíng the court of government
㇇ ヨ 彐 ⺕ 肀 聿 ㇇聿 廴聿 建	丿 亻 仁 𠂇 正 ㇇正 廴正 延	丿 二 千 壬 ㇇壬 廴壬 廷
建	延	廷

弊		弈	弄
bì		yì	nòng
disadvantage		to play chess	to trifle with
弊端 bìduān abuse	作弊 zuòbì to cheat	對弈 duìyì to play chess	弄壞 nònghuài to break

式		弋
shì		yì
style; form		to catch
式樣 shìyàng style	公式 gōngshì formula	巡弋 xúnyì to cruise
一 二 亍 工 式 式		一 七 弋

引		弔	弓
yǐn		diào	gōng
to lead; to pull; to attract; to quote		to console	bow
引力 yǐnlì gravity	引用 yǐnyòng to cite	弔唁 diàoyàn condolence	弓箭 gōngjiàn bow and arrow
㇆ ㇆ 弓 引		㇆ ㇆ 弓 弔	㇆ ㇆ 弓

	引		弔		弓

弧	弩	弛		弘
hú	nǔ	chí		hóng
arc	crossbow	to relax		great
弧線 húxiàn arc	劍拔弩張 jiànbá nǔzhāng to ready to fight	鬆弛 sōngchí loose	弛廢 chífèi to neglect	弘願 hóngyuàn great ambition
弧	弩	弛		弘

彌	彈	彆	弦
mí	tán; dàn	biè	xián
to fill; to complete	to flip; pellet	awkward	string
彌月 míyuè the first month after birth 彌補 míbǔ to make up for	彈性 tánxìng elasticity 子彈 zǐdàn bullet	彆扭 bièniǔ awkward	管弦樂 guǎnxiányuè orchestral music
彌	彈	彆	弦

彎

wān

curve

彎曲
wānqū
curved

、 亠 亠 亠 言 言 言 言 言 言 結 結 結 結 結 結 結 結 結 絲 絲 絲 絲 彎

彎

彙	慧
huì	huì
to collect	wisdom
詞彙 cíhuì vocabulary	智慧 zhìhuì wisdom

彰	彬	彩	
zhāng	bīn	cǎi	
to praise	refine; gentle	color	
彰顯 zhāngxiǎn to manifest	彬彬有禮 bīnbīn yǒulǐ to be very polite	彩色 cǎisè color	彩券 cǎiquàn lottery
丶 亠 亠 六 立 产 咅 音 音 音 章 章 彰 彰	一 十 才 木 木 村 村 林 林 彬 彬	一 ノ 丶 ⺤ 爫 乎 乎 采 采 彩 彩	

	彰		彬		彩

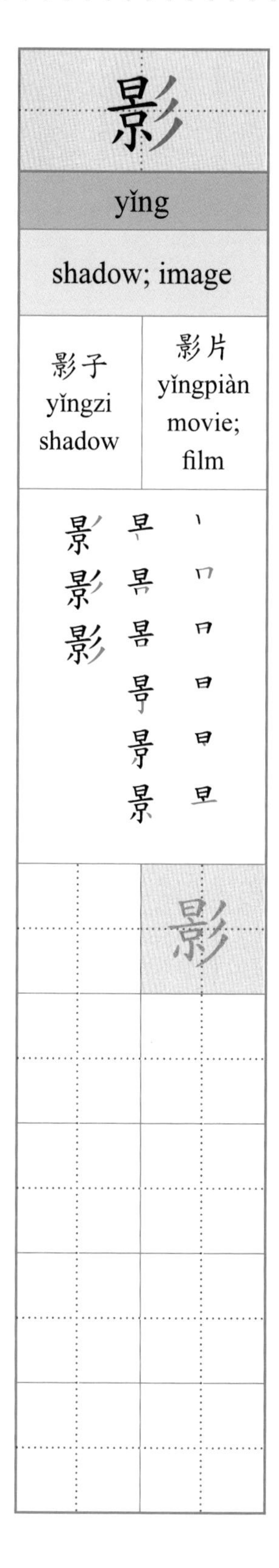
影
yǐng
shadow; image
影子
yǐngzi
shadow
影片
yǐngpiàn
movie; film
影

彼	役		彷
bǐ	yì		fǎng
the other	labor; service; battle		similar
彼此 bǐcǐ each other	兵役 bīngyì military service	戰役 zhànyì battle	彷彿 fǎngfú as if
彼	役		彷

待		往		征	佛
dài		wǎng		zhēng	fú
to treat; to wait		to go toward		to go on a long journey	similar
待遇 dàiyù treatment	等待 děngdài to wait	往生 wǎng-shēng to pass away	往來 wǎnglái to get along	遠征 yuǎnzhēng expedition	彷佛 fǎngfú as if
丿 彳 彳 彳 彳 彳 往 待 待		丿 彳 彳 彳 彳 彳 往 往		丿 彳 彳 彳 彳 彳 征 征	丿 彳 彳 彳 彳 彳 佛 佛
待		往		征	佛

徘	徐	徒		律	
pái	xú	tú		lǜ	
to walk around	slow	to go on foot; in vain		rule	
徘徊 páihuái to hover	徐徐 xúxú slowy	徒手 túshǒu unarmed	徒然 túrán in vain	律師 lǜshī lawyer	法律 fǎlǜ law
丿 彳 彳 彳 彳 彳 徘 徘 徘 徘 徘	丿 彳 彳 彳 彳 彳 徐 徐 徐 徐	丿 彳 彳 彳 彳 彳 徒 徒 徒 徒		丿 彳 彳 彳 彳 彳 律 律 律	

徘 徐 徒 律

復		御		徙	徊
fù		yù		xǐ	huái
to repeat; to recover		royal		to migrate	to walk around
復古 fùgǔ retro	復活 fùhuó to bring back to life	御用 yùyòng for imperial use	御璽 yùxǐ privy seal	遷徙 qiānxǐ to migrate	徘徊 páihuái to hover

微	徬	循	徨
wéi	páng	xún	huáng
tiny	anxious	to follow	anxious
微笑 wéixiào smile; 微風 wéifēng breeze	徬徨 pánghuáng to hesitate	循環 xúnhuán to circulate	徬徨 pánghuáng to hesitate

徽	徵		徹	
huī	zhēng		chè	
badge	to request; phenomenon		thorough	
徽章 huīzhāng badge	徵兵 zhēngbīng to call up	象徵 xiàng- zhēng to symbol- ize	徹夜 chèyè all night	徹底 chèdǐ thorough
徽	徵		徹	

練習題(十)

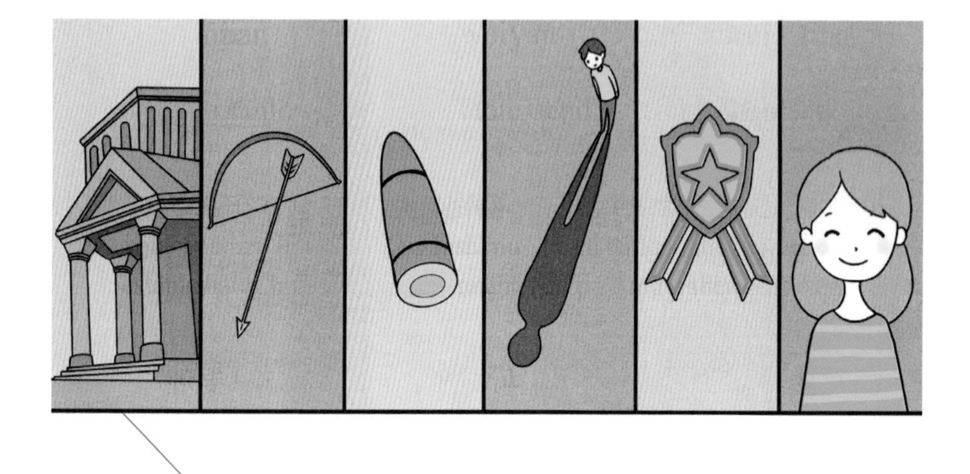

徽章	弓箭	微笑	建築	子彈	影子

四
四畫

部首

攴	支	戶	戈	部首
pū	zhī	hù	gē	發音
tap lightly	branch; pay	door	spear, lance	意義
攵	支	户	戈	字形
收 改 攻 攸 放	支	戶 房 戾 所 扁	戈 成 戍 戎 或	例字

方	斤	斗	文	部首
fang	jīn	dǒu	wén	發音
square; direction	a unit of weight	liquid measure	literature, culture	意義
方	斤	斗	文	字形
方 於 施 旁 旅	斤 斥 斧 斬 斯	斗 料 斜 斟 斡	文 斐 斑	例字

歹	止	欠	曰	无	部首
dǎi	zhǐ	qiàn	yuē	wú	發音
bad	stop	owe, lack	say	no, not	意義
歹、歺	止	欠	曰	无、旡	字形
歹死殆殄殃	止正此步武	欠次欣欲款	曲曳更書替	既	例字

氏	毛	比	毋	殳	部首
shì	máo	bǐ	wú	shū	發音
family name	hair, fur	to compare	not	a kind of weapon	意義
氏	毛	比	毋、毋	殳	字形
氏民	毫毯氈	比	毋每毒	段般殺殼殿	例字

爿	爻	父	爪	气	部首
qiáng	yáo	fù	zhǎo	qì	發音
half of tree trunk	diagrams for divination	father	claw	steam	意義
爿	爻	父	爪、爫	气	字形
牆	爽 爾	爹	爪 爬 爭 爵	氛 氧 氨 氫 氮	例字

牙	片	部首
yá	piàn	發音
tooth	piece	意義
牙	片	字形
牙	片 版 牌	例字

戍	成		戈
shù	chéng		gē
to guard	to succeed; to complete		spear, lance
戍守 shùshǒu to defend	成功 chénggōng success	完成 wuánchéng accomplish	干戈 gāngē war

Stroke order:

戍：一 厂 ⺁ 戊 戍 戍

成：一 厂 万 成 成 成

戈：一 七 弋 戈

戍 成 戈

截		戚	或		戎
jié		qī	huò		róng
to cut		relative	or; probably		army
截止 jiézhǐ to end	攔截 lánjié to intercept	親戚 qīnqī relative	或者 huòzhě or	或許 huòxǔ probably	戎馬 róngmǎ military

戲	戴	戰	戮
xì	dài	zhàn	lù
show; to joke	to wear; to respec	fight	to merge; to slay
戲弄 xìnòng to make fun of；遊戲 yóuxì game	穿戴 chuāndài to dress；愛戴 àidài to adore	戰士 zhànshì soldier；戰爭 zhànzhēng war	戮力 lùlì to cooperat；殺戮 shālù to slay
丨 ⺊ ⺊ 卢 卢 卢 虍 虍 虍 虐 虐 虐 虚 虚 戲 戲 戲	一 十 土 士 吉 吉 吉 吉 吉 吉 吉 吉 𢦏 𢦏 戴 戴 戴	丶 丷 口 口 吅 吅 吅 吅 吅 吅 吅 單 單 戰 戰 戰	𠃌 𠃌 彐 羽 羽 羽 羽 羽 翏 翏 翏 翏 戮 戮 戮

戳

chuō

to poke; stamp

戳穿	郵戳
chuōchuān	yóuchuō
to expose	postmark

戾	房	户	
lì	fáng	hù	
violent	house; room	door	

暴戾 bàolì savage	房子 fángzi house	臥房 wòfáng bedroom	户頭 hùtóu account	住户 zhùhù inhabitant

戾	房	户
一 厂 户 户 戶 戽 戾 戾	一 厂 户 户 戶 戶 房 房	一 厂 户 户

	戾		房		户

扈	扇	扁	所
hù	shàn	biǎn	suǒ
retainer; insolent	fan	flat	location
扈從 hùcóng retainer; 跋扈 báhù overbearing	扇子 shànzi fan	扁平 biǎnpíng flat	所以 suǒyǐ so; 場所 chǎngsuǒ place
一 厂 户 户 户 戶 戶 扈 扈 扈 扈	一 厂 户 户 户 戶 扇 扇 扇 扇	一 厂 户 户 户 肩 扁 扁 扁	一 厂 户 户 户 所 所 所

扉

fēi

door leaf

扉頁 fēiyè title page	門扉 ménfēi door

一 厂 尸 户 户 户 户 扉 扉 扉 扉 扉

扉

支	
zhī	
branch; to put up; to pay	
支持 zhīchí to support	支付 zhīfù to pay

一
十
㇇
支

支

練習題(十一)

文字之美

chénggōng
qīnqī
zhànshì
jiézhǐ
yóuxì
wòfáng
shànzi
báhù
zhīchí

攻	改		收	
gōng	gǎi		shōu	
to attack	to change; to correct		collect; receive	
攻擊 gōngjí to attack	改變 gǎibiàn to change	修改 xiūgǎi to correct	收穫 shōuhuò harvest	回收 huíshōu recycle
攻 一 丅 工 工' 工ˊ 玏	改 ㇆ ㇆ 己 己' 己ˊ 㱏		㇙ 丩 丩' 屮ˊ 屮ㄣ 收	

攻 改 收

政		故		放		攸
zhèng		gù		fàng		yōu
politics		former; cause		to put		far; distant; to cencern
政府 zhèngfǔ the gov-ernment	政策 zhèngcè policy	故鄉 gùxiāng hometown	故意 gùyì on purpose	放下 fàngxià to put down	放心 fàngxīn to feel relieved	攸關 yōuguān vital

政 故 放 攸

救		敏		敗		效	
jiù		mǐn		bài		xiào	
to save		quick		to fail		effect	
救命 jiùmìng to save sb's life	求救 qiújiù to call for help	敏捷 mǐnjié nimble	過敏 guòmǐn allergy	敗北 bàiběi to be defeated	失敗 shībài to fail	效果 xiàoguǒ effect	效率 xiàolǜ efficiency
求 求 求 救 救	一 十 才 才 求 求	每 每 每 敏 敏	ノ 𠂉 𠂉 勹 勾 每	貝 貝 貝 敗 敗	丨 冂 冂 月 目 貝	交 交 交 效	丶 亠 六 六 交 交
	救		敏		敗		效

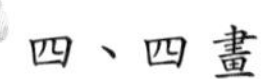

敦	啟		敝	敘
dūn	qǐ		bì	xù
honest	to begin; to open		shabby	to express; to narrate
敦厚 dūnhòu honest and sincere	啓程 qǐchéng to departure	開啓 kāiqǐ to open	敝人 bìrén I (in a humble way)	敘述 xùshù to narrate
丶 亠 亣 亨 亯 亨 享 享 享 享 敦	丶 ㇒ 厂 ⼾ 户 户 启 启 启 启 啟		丶 丷 ⺌ 冂 尚 尚 尚 尚 敝 敝 敝	丿 人 人 仝 全 余 余 余 余 敍 敘
敦	啓		敝	敘

敬	散	敞	敢
jìng	sǎn; sàn	chǎng	gǎn
to respect	loose	spacious	to dare
敬禮 jìnglǐ to give a salute; 尊敬 zūnjìng to respect	散開 sǎnkāi to spread out; 散步 sànbù take a walk	寬敞 kuānchǎng spacious	勇敢 yǒnggǎn brave

數	敵	敷	敲
shǔ; shù	dí	fū	qiāo
to count; number	enemy	to apply; to paint	to beat; to knock
數落 shǔluò to scold / 數學 shùxué math	敵人 dírén enemy	敷衍 fūyǎn to be perfunctory / 敷粉 fūfěn to powder	敲打 qiāodǎ to beat / 敲門 qiāomén to knock at the door

數	敵	敷	敲

斂	斃	整
liàn	bì	zhěng
to gather; to control	to die	whole; complete; to repair
聚斂 jùliàn amass wealth by heavy taxation; 收斂 shōulián to restrain	暴斃 bàobì to die suddenly	整個 zhěngge entire; 整理 zhěnglǐ to arrange

練習題(十二)

天聲一對

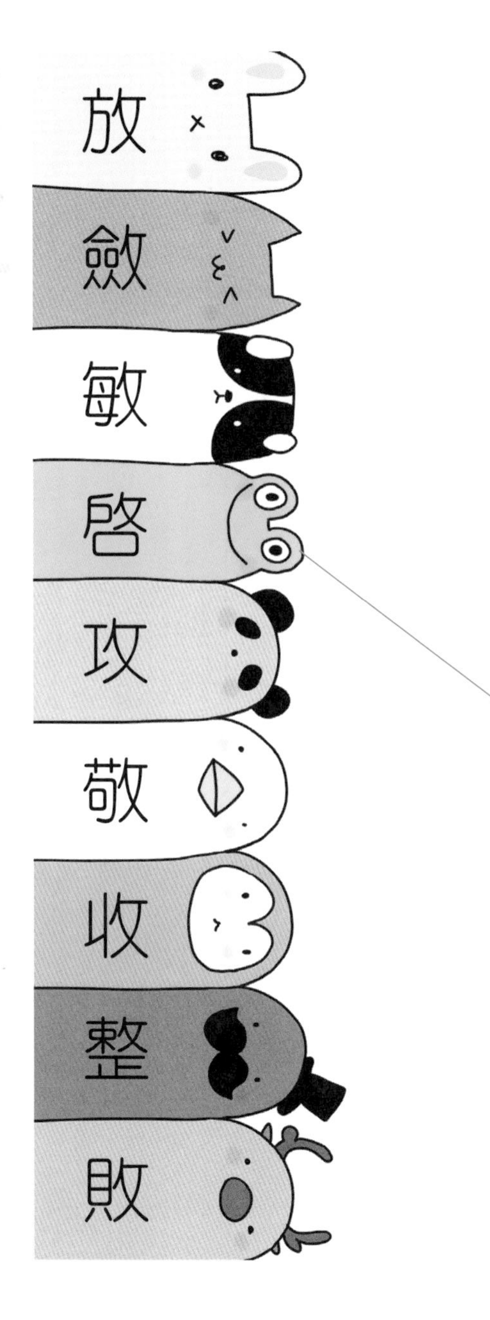

shōu
gōng
fàng
bài
mǐn
qǐ
zhěng
liàn
jìng

斑		斐	文	
bān		fěi	wén	
spot		elegant; beautiful	article; language	
斑馬 bānmǎ zebra	斑點 bāndiǎn spot	斐然 fěirán elegant; beautiful	文化 wénhuà culture	文學 wénxué literatur
一 二 千 王 王' 王' 玟 玟 玟 玟 玟 斑 斑		丿 ⺆ ⺕ ⺕ 刲 刲 非 非 非 悲 斐 斐	丶 亠 ⺈ 文	
	斑	斐		文

斜		料		斗
xié		liào		dǒu
slanting		material		measure word; cup
斜線 xiéxiàn oblique line	傾斜 qīngxié to tilt	料理 liàolǐ cusine	材料 cáiliào material	漏斗 lòudǒu funnel
丿 𠆢 亼 今 全 余 余 余 余 余 斜		丶 丷 䒑 半 米 米 米 米 米 料		丶 丶 斗 斗

	斜		料		斗

斡	斟
wò	zhēn
to turn	to pour liquid
斡旋 wòxuán to mediate	斟酌 zhēnzhuó to consider carefully

斧	斥		斤
fǔ	chì		jīn
axe	to scold; to repel		a unit of weight
斧頭 fǔtou axe	喝斥 hèchì to chide	排斥 páichì to repel	公斤 gōngjīn kilogram
丿 八 父 父 斧 斧 斧 斧	一 厂 斤 斤 斥		一 厂 斤 斤

斷	新	斯	斬
duàn	xīn	sī	zhǎn
not continuous	new	this	to chop
斷崖 duànyái steep cliff; 斷氣 duànqì to die	新手 xīnshǒu novice; 新聞 xīnwén news	斯文 sīwén elegant; gentle; 斯時 sīshí at this time	斬斷 zhǎnduàn to chop off
㇜ 幺 幺 幺 丝 丝 … 斷	丶 亠 亣 亣 立 立 辛 辛 亲 亲 新 新 新	一 十 廾 廾 甘 甘 其 其 其 斯 斯 斯	一 厂 冂 币 百 亘 車 車 斬 斬 斬

斷 新 斯 斬

施		於		方	
shī		yú		fāng	
to carry out; to bestow		in; on; at; by		square; place	
施工 shīgōng under construction	施捨 shīshě to give sth. to the poor	於是 yúshì thus	位於 wèiyú be located at	正方形 zhèng fāngxíng square	地方 dìfāng place
丶 亠 亠 方 方 方 方 斾 斾 施		丶 亠 亠 方 方 方 方 於 於		丶 亠 亠 方	

方部

族		旋		旅		旁	
zú		xuán		lǚ		páng	
clan		to whirl		military; to travel		side	
族人 zúrén clansman	民族 mínzú nation	旋轉 xuánzhuǎn to rotate	盤旋 pánxuán to spiral	軍旅 jūnlǚ troop	旅遊 lǚyóu to travel	旁邊 pángbiān near by	
㫃 於 旌 族 族	丶 亠 方 方 方 㫃	㫃 於 旋 旋 旋	丶 亠 方 方 方 㫃	㫃 於 旅 旅	丶 亠 方 方 方 㫃	立 产 旁 旁	丶 亠 亠 亠 立 立
	族		旋		旅		旁

旗
qí
flag
國旗 guóqí the national ensign
丶 亠 方 方 方 扩 扩 扩 於 旃 旃 旃 旗 旗
旗

既

jì

already

既然
jìrán
since

㇆ ㇕ ㇿ 艮 艮 艮 既 既 既

既

練習題(三十三)

拼音大考驗

更		曳		曲	
gēng; gèng		yì		qū; qǔ	
to change; more		to drag		crooked; melody	
更換 gēnghuàn to change	更多 gèngduō more	拖曳 tuōyì to drag	搖曳 yáoyì to swing	彎曲 wānqū crooked	作曲 zuòqǔ to compose music
更 一 丆 冂 冃 百 更		丨 冂 冃 日 电 曳		丨 冂 冃 冄 曲 曲	
	更		曳		曲

曾		替		書	
zēng; céng		tì		shū	
ever; great-grandchild or great-grandparent		to take the place of		book; to write	
曾經 céngjīng ever	曾孫 zēngsūn great-grandchild	替換 tìhuàn to replace	代替 dàitì to substitute for	書本 shūběn book	書寫 shūxiě to write
	曾		替		書

欣		次		欠	
xīn		cì		qiàn	
glad		order; sequence		to owe	
欣賞 xīnshǎng to admire; to savor	欣慰 xīnwèi gratified	次序 cìxù sequence	次要 cìyào secondary	欠缺 qiànquē to lack	欠債 qiànzhài to owe

欽	欺		款		欲
qīn	qī		kuǎn		yù
to admire	to fool		entertain; money		to want
欽佩 qīnpèi to admire	欺負 qīfù to bully	欺騙 qīpiàn to deceive	款待 kuǎndài to treat	提款 tíkuǎn to with-draw money	欲望 yùwàng desire

歌		歇
gē		xiē
song		to rest
歌手 gēshǒu singer	歌詞 gēcí lyrics	歇息 xiēxí to rest
一 丆 丌 可 可 可 哥 哥 哥 哥 哥 哥 歌 歌		丨 冂 日 日 旦 早 昜 昜 曷 曷 曷 曷 歇
歌		歇

此	正		止	
cǐ	zhèng		zhǐ	
this; these	upright; straight		to stop	
此外 cǐwài besides; furthermore	正好 zhènghǎo just in time	正當 zhèngdàng proper	止血 zhǐxiě to stop bleeding	停止 tíngzhǐ to stop
丨 ⺊ ⺊ 止 止 此	一 丅 下 under 正		丨 ⺊ ⺊ 止	

	此		正		止

歪	歧		武	步	
wāi	qí		wǔ	bù	
not straight	divergent; branch		military	step	
歪曲 wāiqū to twist	歧異 qíyì difference	歧視 qíshì prejudice	武器 wǔqì weapon	步調 bùdiào pace	腳步 jiǎobù step

歪 歧 武 步

歸		歷		歲	
guī		lì		suì	
to return		to go through		age; year	
歸納 guīnà to sum up	回歸 huíguī to return	歷史 lìshǐ history	經歷 jīnglì to experi- ence	歲數 suìshù age	歲月 suìyuè years
歸		歷		歲	

歸 歷 歲

殆	死		歹	
dài	sǐ		dǎi	
nearly; almost	to die		bad	
殆盡 dàijìn exhausted	死心 sǐxīn to give up	死刑 sǐxíng death penalty	歹毒 dǎidú vicious	歹徒 dǎitú gangster

	殆		死		歹

殊	殉	殃	殄
shū	xùn	yāng	tiǎn
different	to sacrifice one's life for	calamity	to waste
特殊 tèshū special	殉情 xùnqíng to commit suicide for love	遭殃 zāoyāng to meet with disaster	暴殄天物 bàotiǎn tiānwù to waste sth. recklessly

殲	殞	殘		殖	
jiān	yǔn	cán		zhí	
to exterminate	to perish; to die	incomplete; to injury		to breed	
殲滅 jiānmiè to exterminate	殞落 yǔnluò to die	殘留 cánliú to remain	殘忍 cánrěn cruel	殖民 zhímín coloniza-tion	養殖 yǎngzhí to breed

殺		般	段
shā		yīn	duàn
to kill		abundant	paragraph
殺害 shāhài to kill	自殺 zìshā to commit suicide	般勤 yīnqín courtesy	段落 duànluò paragraph

毆	毀	殿		殼	
ōu	huǐ	diàn		ké	
to beat	to damage; to ruin	at the rear; hall		shell; husk	
毆打 ōudǎ to beat	毀滅 huǐmiè to destory	殿後 diànhòu to bring up the rear	宮殿 gōngdiàn palace	貝殼 bèiké shell	稻殼 dàoké rice husk

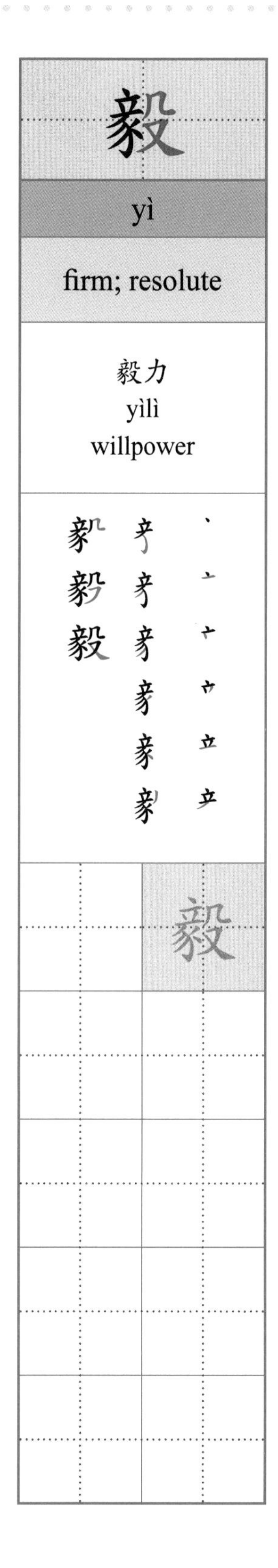
毅
yì
firm; resolute
毅力
yìlì
willpower

毒		每	毋
dú		měi	wú
poison		every	no
毒品 dúpǐn drugs	毒藥 dúyào poison	每天 měitiān everyday	毋寧 wúníng rather

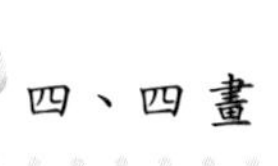

比	
bǐ	
to compare	
比喻 bǐyù metaphor	比賽 bǐsài competition

一
上
𠂤
比

比

練習題(十四)

填空高手

		本
		負
		手
		器
	宮	
		藥

氈	毯	毫	
zhān	tǎn	háo	
felt	blanket	animal hair; milli	
氈帽 zhānmào trilby	地毯 dìtǎn carpet	鬃毫 zōnháo pristle cents	毫米 háomǐ milli-

民	氏
mín	shì
the people	surname
民主 mínzhǔ democracy; 民俗 mínsú folkway	姓氏 xìngshì surname
民 (stroke order)	氏 (stroke order)

氨	氧	氛
ān	yǎng	fēn
ammonia	oxygen	atmosphere
氨水 ānshuǐ ammonia	氧氣 yǎngqì oxygen	氣氛 qìfēn atmosphere
丿 𠂉 𠂉 气 气 气 氕 氖 氨 氨	丿 𠂉 𠂉 气 气 气 氕 氖 氧 氧	丿 𠂉 𠂉 气 气 气 氕 氛

氯	氮	氫
lǜ	dàn	qīng
chlorine	nitrogen	hydrogen
氯氣 lǜqì chlorine	氮氣 dànqì nitrogen	氫氣 qīngqì hydrogen

氯 氮 氫

爭		爬		爪	
zhēng		pá		zhuǎ; zhǎo	
to compete for		to crawl; to climb		claw	
爭奪 zhēngduó to fight for	競爭 jìngzhēng competition	爬行 páxíng to crawl	爬山 páshān climb a mountain	爪子 zhuǎzi claw	爪牙 zhǎoyá lackey

爵

jué

peerage

伯爵
bójué
earl

爵

爹

diē

father

爹娘
diēniáng
father and mother

丿 八 ク 父 爷 爷 爹 爹 爹 爹

爾	爽	
ěr	shuǎng	
that; like so	clear; comfortable	
偶爾 ǒuěr occasionally	爽快 shuǎngkuà refreshed	涼爽 liáng shuǎng nice and cool
一 𠂇 冂 ... 爾 (stroke order)	一 ... 爽 (stroke order)	

牆

qiáng

wall

牆壁
qiángbì
wall

牌		版		片	
pái		bǎn		piàn	
plate; brand; card		block; plate; edition		measure word; slice; piece	
牌照 páizhào license plate	撲克牌 pūkèpái poker	版畫 bǎnhuà engraving	版權 bǎnquán copyright	片刻 piànkè a moment	片段 piànduàn part; extract

牙
yá
tooth
牙齒 yáchǐ tooth
一 𠄌 ⺄ 牙

練習題(十五)

天聲一對

yǎng diē pái yá tǎn pā qiáng

國家圖書館出版品預行編目資料

漢字300〔習字本(三)〕／楊琇惠著. ——初版. ——臺北市：五南，2017.01
面； 公分
ISBN 978-957-11-8893-5（第3冊：平裝）
1.漢字
802.2　　105019089

1X7W華語系列

漢字300
習字本(三)

作　　者— 楊琇惠（317.4）
編輯助理— 李安琪
發 行 人— 楊榮川
總 編 輯— 王翠華
主　　編— 黃惠娟
責任編輯— 蔡佳伶
校　　對— 李鳳珠
封面設計— 陳翰陞
出 版 者— 五南圖書出版股份有限公司
地　　址：106台北市大安區和平東路二段339號4樓
電　　話：(02)2705-5066　　傳　　真：(02)2706-6100
網　　址：http://www.wunan.com.tw
電子郵件：wunan@wunan.com.tw
劃撥帳號：01068953
戶　　名：五南圖書出版股份有限公司
法律顧問　林勝安律師事務所　林勝安律師
出版日期　2017年1月初版一刷
定　　價　新臺幣280元

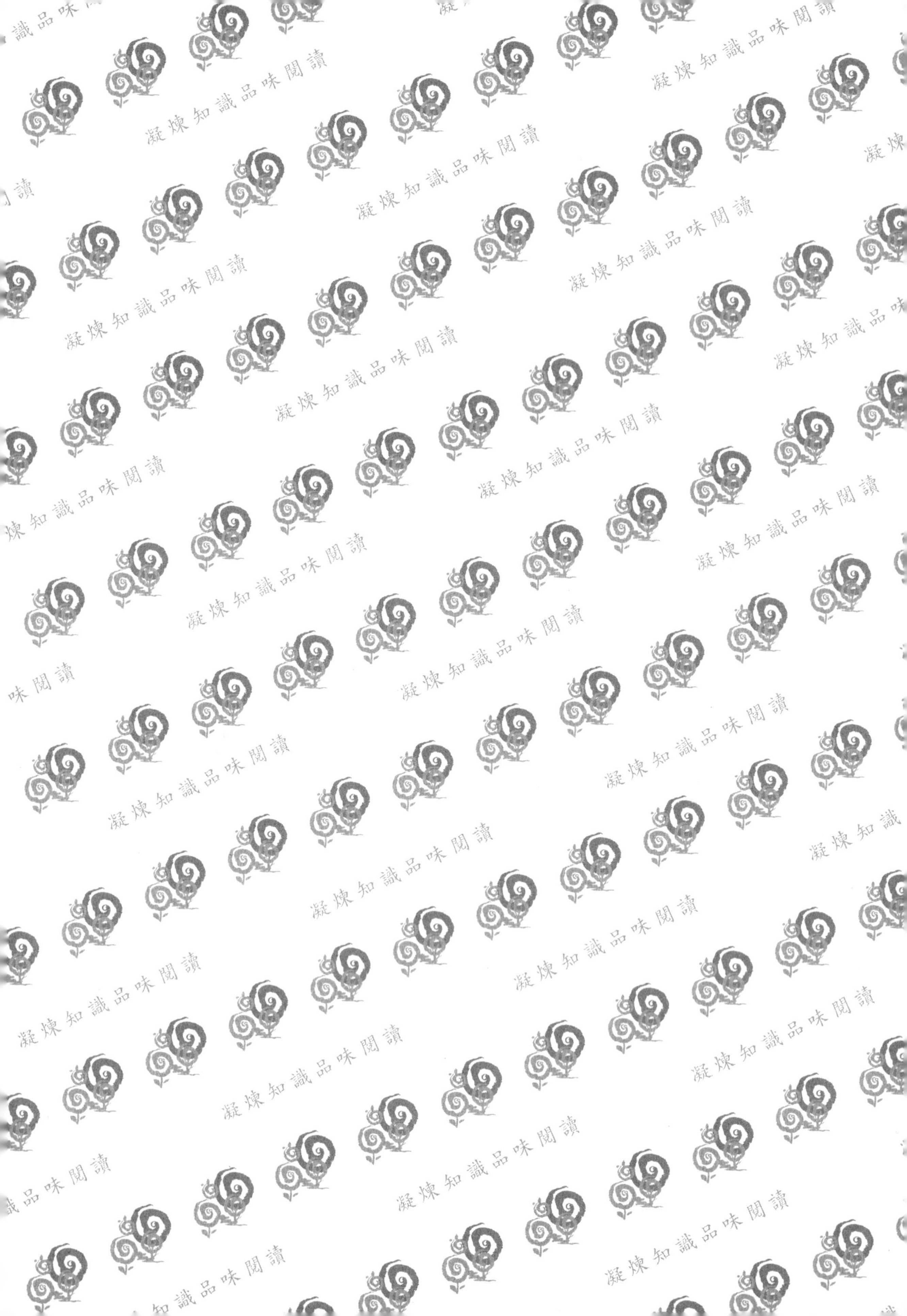

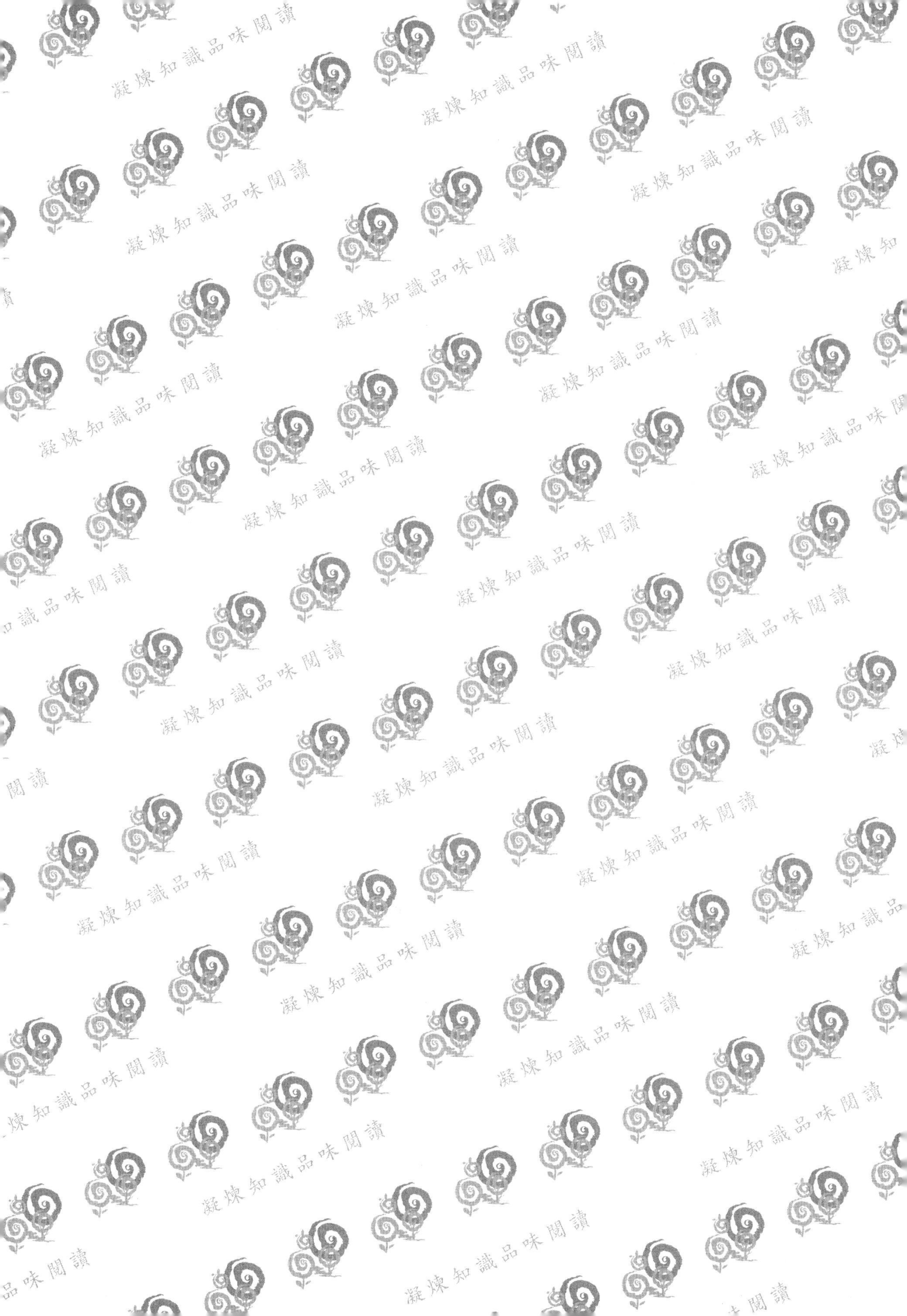
凝煉知識品味閱讀